かもめジムの恋愛

大前粟生

小学館

［目次］

かもめジムの恋愛

第一話

かもめジムの恋愛

「なんて読む?」と聞かれた。

「はい?」と私は返した。

経営難のためジムの月額料金が来月から千円値上がりするという掲示を受付ロビーに張り出していた私に、おじいさんが声をかけてきた。

「それ」

おじいさんはこちらを指さそうとして、けれど面倒になったのかその腕を途中で下げた。でもそれでピンときた。私は首から提げている名札をストラップで首がぎちっとなるくらい前に引っ張って、おじいさんに見せた。

「柏夢《かしわゆめ》って言います。柏が苗字《みょうじ》で、夢が名前」

「ああ〜」

おじいさんは納得したようで、納得を表すために手のひらをポンと叩《たた》く動作をやはり半端なところで止めた。

あなたは西原孝康《にしはらたかやす》さんですよね、なんて言うのはやめておいた。西原さんはジムにくる度にシューズとタオルをレンタルするから、その記入用紙を受付カウンターの中から見て、私はおじいさんの名前も漢字も覚えてしまっていた。でもそういうのを本人に伝えるのって怖がられるかもしれないから、やめておいた。

ああ〜、とひとり繰り返して西原さんはロビーのレンタルボックスから二四センチのシューズを選び、また受付カウンターに戻ってきた。用紙に記入しながら、

「いくつ？」

と私に聞く。

「一七ですけど」

「えらいねえ」

「はあ」

西原さんはというと、七四歳。来月で七五歳だ。これも私は、記入用紙を見て知っている。知っているだけで、そういう個人情報を他の人に話したりはしない。

七十代や八十代でも元気な人はとても多い、という当たり前のことに私が気づいたのは、この「かもめジム」で受付のアルバイトをはじめたおかげだ。それまではなんというか、電車やバス、生活範囲の中で高齢の人たちをたくさん目にしてはいたが、ただ視界に入っていただけ、という感じだった。ジムにくる人たちは、まあ、ジムにこられるくらいだから元気なのだ、と言われたらそれまでかもしれないが、よく動き、

よく笑っている人が多いように思える。

初心者に率先してトレーニング機器の使い方を教えようとする名物おじいさんや名物おばあさんが何人かいて（ジムのレビューに低評価がつく原因にもなることがあるからやめてほしい、とこのあいだバイト長が愚痴っていた）、本人たちは初心者にぶつくさ言いながらも楽しそうだし、ジム内で恋愛しようとしている人だって少なからずいる。

と言うか、かもめジムは高齢の人たちの出会いの場になっている。

かもめジムがある北鷗町《きたかもめまち》は、名前から連想される雰囲気とは違い、海に面さない内陸の町だ。かもめが飛んでいるわけでもなく、どちらかと言うと猫をよく見かける。古い建物が多く残っていて、歳上《としうえ》の人に「北鷗町に住んでます」と教えると、「あそこは下町で住みやすいでしょ」なんて言われる。

私は、高校三年生である今まで、他の場所で暮らしたことがないから、住みやすいかどうかは正直わからない。でも、アクセスがよくて便利だなとは思う。県でも一、二の繁華街までJRで四駅、一二分くらいで着く。学校もジムのバイトもない日は、街まで出て受験勉強をすることにしている。カフェの窓際の席に座って、おしゃれして街を歩く人たちを紙ストローを嚙《か》みながら眺めるのだけれど、私は休日でも無駄に制服を着ていて、自分の若々しさというか、未来があるのだということをうっすらアピールする。カフェにいる人や街を歩く人たちに対してというよりも、きっと、自分自身に。

別に北鷗町に愛着とかはないけど、一日中街に出ていた日なんかは、ちょっと北鷗町のことがおもしろいなと思える。駅だけがそこそこ新しくて、その周りには築何十年でぎりぎり経営を続けているボウリング場とか、潰れたきりでそのままの元パチンコ店、社交ダンス教室や囲碁教室、雀荘《ジャンそう》などが昔入っていたけど、今はどこもやってなくて半ば廃墟《はいきょ》と化した雑居ビルなんかがある。そういうのがちょっとレトロだと思う。実際はただの不景気でしかないのだけれど、ボロボロの建物を見ていると、自分でもよくわからない寂しさや、懐かしさが込み上げてくる。

そんな古びた施設と、怪しげな消費者金融や風俗っぽいお店が並ぶ線路沿いの通りに、かもめジムがある。

かもめジムまでは、北鷗町駅の西口改札を出て徒歩五分。このジムは八十年代の後半、バブル期に建てられたらしい。トレーニングジム、プール、サウナ、ヨガスタジオ、ダンススタジオ、ゴルフの打ちっぱなし場、感染症の流行を機に申し訳程度のフードコートから改装されたコワーキングスペースなどの設備がある七階建ての大型ジムだ。

会費は通常コースで月額一〇四五〇円。来月から千円値上がりして一一四五〇円だ。会員の八割が六十代以上で、これはこの地域に暮らす年齢層の割合と一致しているそうだ。

私は、小学一年から四年までかもめジムのスイミングスクールに通っていた。泳いでいるあいだはどうしたってひとりだった。水中にいる時の静けさは私ひとりだけの世界という感じで好きだったけれど、不恰好《ぶかっこう》にクロールの息継ぎをする際に一瞬だけ浮かび上がってくるプールの照明と喧騒《けんそう》に、なぜだか不安を掻《か》き立てられて仕方なかった。プールの端の方で他の子どもたちといっしょにスタートするのを待っている時は、私だけ会話に加わることができなかった。両親は私の人見知りを改善させようと習い事に通わせてくれていたのだけれど、逆効果だった。私はだんだんと、スイミングスクールのある毎週木曜日を苦痛に感じるようになった。それでも四年生まで通ったのは、セブンティーンアイスと肉まんが楽しみだったからだ。プールがある六階フロアの自販機で年中売っているセブンティーンアイスと、冬だけ受付脇で販売している肉まん。プールの時間は心細かったけれど、母親にもたされた五百円玉で、自分の好きなアイス、好きな肉まんを買って、しかも自分ひとりで誰にも遠慮することなく食べることができた帰り道が好きだった。

高校生になって、なんのアルバイトをしようかと考えている時に思い出したのがスイミングスクールのことで、かもめジムのことだった。

「みんな意外と怖くないし、きみのことを気にしたりしていないよ」

あの時の私みたいな人見知りの子どもがいたら、そう言ってあげたい。もちろん、時給だったりシフトの条件が合ったからかもめジムでのアルバイトに応募したのだが、心の片隅ではそんなことを思ったのだ。

いざバイトをはじめてみると、子どもと接する機会というのは思った以上に少なかった。一階メインロビーを中心に、各フロアで受付や入会対応をするという業務だった。子ども相手には、親御さんの元から離れて館内をはしゃぎ回る子に注意するくらい。ほとんど交流することはなかった。

スタッフ以外で私が話すのは、高齢の利用客ばかりだった。別に世代の話に落とし込みたいわけでもないが、年齢が上の人ほどよく雑談を振ってきた。台風がきそうだとか、掲示の文字が小さくて読めないとか、どこの高校の子なのかとか、ちゃんとご飯食べてるかとか。たぶん私の一七歳という年齢や見た目は、おじいさんおばあさんの孫の年齢に近かったり、もし孫がいたら、という想像力を掻き立てるのだろう。私は、そこまで長話にならなそうなら一応、振られた話にこたえた。

各フロアの受付前には、いくつかベンチが置かれていた。四人掛けのものが、だいたい四つか五つ、動線の邪魔にならないように。ベンチは、高齢の人たちに配慮してのものらしかった。運動前や運動後にそこに腰掛けて談笑するのが習慣という人たちがかなりの数いたし、運動はめったにしないが、ジム友だちと近況を報告し合うために通っているような人も少なくなかった。

業務が暇な時は、受付カウンターの中から、彼ら彼女らのことを眺めた。話の多くは自然と耳に入ってきてしまうのだが、聞いていることが悟られないよう、ぼーっとしているふりをするのだった。

ある七十代の男性たちは、ベンチに座りながら、どのマッチングアプリが使いやすくて成功しやすいのか、という話を延々としていた。

ヨガスタジオの常連でお局《つぼね》らしき六十代後半の女性は、「スイミングプールの女王」とスタッフたちが裏でこっそり呼んでいる七十代前半の女性と並んで腰掛けながら、気になっている五つ下の異性と同棲《どうせい》をはじめたのだと話していた。五十代以上向けの婚活ツアー旅行で知り合ったそうだ。「恋人」とか「彼氏」「彼女」とどちらかが明言したわけではないし、そういった呼び名はこの歳になると違和感があるというか、恥ずかしいような気もする、けれど、ちゃんと「恋人」だと言ってほしい、自分は彼にとってどういう存在なのか、きちんと教えてほしいのだ、と熱弁を繰り広げていた。

サウナ目当てでジムにきている六十代後半の男性は、ロビーのベンチに腰掛けながら、再婚するのを渋っているということを、弱々しい口調でその相手に告げていた。

どうやらふたりは何度もこの話をしてきたらしい。お相手である七十代前半のふくよかな女性は、「その気持ちはわかるしあんたがわたしのこと気持ちっていうより体が好きなだけだってことも知ってるけど、でも、とっとと籍を入れたい、誰かといっしょの墓に入りたい、かたちだけでもとっとと安心したいの」と、苛立《いらだ》った口調で彼に話していた。

私は、それらの光景を目の当たりにして、なんというか、ショックだった。

恋愛は若者がするものだと思っていた。恋愛は、きらきらした若々しいものだけじゃないし、どういう年齢の人たちだって、きらきらする。それって当たり前のことだ。でも、実際に見聞きするまでは、私はそういうのを、ないものにしていた。高齢の人でも恋愛するなんて、思ってもみなかった、そんな自分がショックだった。

名前を聞いてきた日から、西原さんはジムで私を見つけると話しかけてくるようになった。「ユメちゃん」と私のことを呼び、学校はどうかとか、若い子のあいだではなにが流行《はや》ってるの、なんて受付の際に聞いてくる。迷惑というわけではないから、私もちょこちょこと返事をするようになった。

そういうのが何度か続いたあと、西原さんは「奄美大島《あまみおおしま》に旅行にいってきたから」とお土産《みやげ》の入った紙袋を受付カウンター越しに渡してくれた。私がお礼を言うと西原さんは「みんなで食べな」と言った。他にもなにか話したそうだったが、受付後ろにあるバックヤードから、バイトの先輩であるサオリさんの声がすると、西原さんは「じゃあ」と小さく手を上げ更衣室へと足早に向かった。

「なーにぃ？　それ」

サオリさんが顎の下を掻きながら受付カウンターまでやってきて、紙袋の中を覗《のぞ》き込んだ。

サオリさんはかもめジムで十年以上働いているベテランだ。歳は、ちゃんと聞いたことはないけれどおそらく三十代半ば。観劇オタクらしく、暇な時間は推している舞台俳優たちのＳＮＳやブログをチェックし、オタク仲間たちと推しの〝解釈〟に勤《いそ》しんでいた。

「あ、お土産です。黒糖バナナチップ」

「へえー。うわ。めっちゃあるじゃん」

「みんなで食べろって」

「今の人、西原さん？　あの人もここに通って長いよねえ。柏ちゃん仲良かったんだ？」

「いや別に。あー、でも、最近少しだけ話すようになって」

「それでこの量のお土産？　ふーん。それって、もしかしてさあ、西原さん柏ちゃんのこと……」

サオリさんが言葉を続ける前に私は「あ！」と大げさな声を上げ、「巡回と清掃にいってきますね」と言いその場を離れた。

なんにでも理由をつけたがるから、サオリさんの前ではあまり気を抜けない。悪い人ではないし、コミュニケーション能力が高くてクレーム対応の時なんかはいてくれるとすごく助かるのだけれど。

サオリさんは、噂《うわさ》をするのが好きなタイプだ。それに、ウケるように話の中身を盛る。目をつけられたら、なにがきっかけでどういう方向に話を持っていかれるかわからなかった。仲良くなってみるとけっこう楽しい気もするが、あまり距離を詰めたくなかった。幸いというか不幸にもというか、テスト期間が迫っていたため、私は翌日からしばらくバイトを休むこととなった。

私の通う北鷗高校は、駅前通りの裏手にあった。よっぽど無理な計画で建設されたのか、ほとんど中庭と言っていいくらい手狭なグラウンドは周囲を怪しい雑居ビルに囲まれているし、学校の門に入るには、駅前の古びた通りをぐるっと回り込む必要があった。あまり治安が良さそうには見えないからか、駅前通りには黄色いジャケットを着たボランティアの交通安全指導員の人が平日休日問わず立ってくれている。

交通安全指導員のひとりに、ジムの常連である長谷川《はせがわ》さんという七十代の女性がいて、学校の行き帰りに出くわすことがあった。テストの三日前、同じクラスの友人である心優《みゆう》と下校していると、長谷川さんと出くわした。私は「こんにちは！」としっかりあいさつをした。すると長谷川さんが微笑《ほほえ》みながら「おかえりぃ」と言ってくれたから、私は内心でガッツポーズした。長谷川さんは三年五組の道重徳弥《みちしげとくや》の母方の祖母だったから、私は自分のことを感じの良い子だと長谷川さんに印象付けておきたかった。


道重徳弥はかつてアイドルだった。

比喩ではなく、本当にそうだった。道重徳弥は幼稚園から小学五年までのあいだ子役をしていた。彼は小三の時、うどん出汁《だし》の粉末パックを宣伝するローカルＣＭに出演した。

彼よりいくつか歳上の、赤いワンピースを着て赤いリボンをつけたツインテールの女の子と、着ぐるみのキツネ、タヌキ、うどんの妖精らしきにょろにょろとした白いものといっしょに、「うっどん♪ うどん♪ うっどん♪ うっどん♪ うどん♪ うっどん♪」とひたすら繰り返すCMソングに合わせ、道重徳弥は踊ったのだ。

CMの中での道重徳弥は眉の上でパツンと切り揃《そろ》えたおかっぱで、水色のオーバーオールを着、女の子と共に終始真顔で「うっどん♪ うどん♪ うっどん♪」と唱えた。

そのCMは妙に人気を博し、道重徳弥と女の子は地元テレビ局の朝のニュース番組、地域ののど自慢大会や盆踊り大会などに引っ張りだことなった。

CM放送から一年後には、出演メンバーを中心に、「UDONs」というご当地アイドルグループが結成されることとなり、道重徳弥はそのセンターだった。当時、北鷗町のどこにいっても、あのうどんソングが流れていた。

私は道重徳弥と同じ小学校に通っていた。四年の時、同じクラスだった。道重徳弥は背が低く、ひ弱そうで、おとなしくて、親の指示によってプライベートでもあのCMと同じ格好をしていた。芸能活動での活躍と比例するように、道重徳弥は学校中の女子たちにとって「かわいい男の子」になった。

本当に、熱狂的な人気だった。バレンタインには、下駄箱《げたばこ》に入り切らないから、机やロッカーや机にかけているナップザックにもチョコレートが詰め込まれた。道重徳弥の顔を模したキャラ弁や、道重徳弥を応援するための団扇《うちわ》まで作られた。四年の時の学習発表会の「ジャックと豆の木」の劇ではクラスメイトたちと先生の強い要望で主役を務めることとなった。道重徳弥は劇の当日、完璧な演技を披露した。けれど、きっといろいろと限界だったのだろう。学習発表会が終わると、道重徳弥は一か月学校を休んだ。そして学校に復帰した時にはもう、それまでの道重徳弥ではなかった。綺麗《きれい》なおかっぱだった髪は無造作な短髪になっていた。自分で切ったようだった。服装も一変し、黒ずくめだった。長袖のTシャツの背中には髑髏《どくろ》がでかでかと描かれ、黒いズボンの右の太ももには鎖と薔薇《ばら》のツルが絡まった白い十字架のワッペンがくっついていた。道重徳弥は、女の子たちが心配の声をかけてくると「ああ?」と威嚇《いかく》した。どうも無理に低い声を出そうとし、険しい目つきを作っていた。そういうのも、最初は「かわいい」と持て囃《はや》されたけれど、道重徳弥の言葉遣いは日に日に過激になっていった。

道重徳弥は小学五年の冬になると、子役の仕事をきっぱりとやめた。

それからというもの、道重徳弥は、自分が本当にしたいことをはじめたようだった。中学、高校と野球部に入り、みるみるうちに体格がよくなり、日焼けし、丸坊主で、ひ弱な感じはなくなっていった。むしろゴツくなった。道重徳弥が彼なりの理想の自分を追求するほどに、女の子たちは彼から離れていった。

私も最初は、かわいい道重徳弥が好きだった。芸能人の道重徳弥が好きだった。それなのに、今でも彼への熱が冷めていないのはどうしてだろう。私は、小学生の頃から今までずっと道重徳弥のことが好きだ。

理由はうまくわからなくて、だから、「好きだ」という事実が「好き」の理由になって、どんどん好きになっていく。

私は長谷川さんと少し世間話した後、心優と途中で別れ、いったんマンションに帰ってかばんの中身を減らして河原へ向かった。

北鷗高校のグラウンドは小さいから、野球部は市民公園にある練習場を部活に使っていた。私は、道重徳弥が土埃《つちぼこり》にまみれながら野球する様子を市民センターの窓からよく眺めたものだった。でもそれも、高校二年の冬までだ。

道重徳弥は、高校二年の冬に怪我《けが》をしてしまった。それから彼は野球部をやめ、吹奏楽部に転部した。どうも、野球と同じくらい吹奏楽に興味があったみたいだ。

今日も道重徳弥は、河原でトロンボーンを吹いていた。まだ全然うまくなくて、音も途切れ途切れだった。肺活量だけで鳴らしているようなその音色を、私は対岸の河川敷に腰掛けながら聴いた。教科書を開いてテスト勉強をしながら、時々、道重徳弥に向かって「おーい！」と手を上げたり、向こうが手を振ってくるのに振り返したりした。

一応、小学生からの顔馴染《なじ》みだったから、友だちと呼べそうなくらいの交流はあった。でも、深いつきあいはない。深いつきあいがないまま何年も知り合いでいるのだから、ここから発展するのって、かえって初対面より大変なのではないだろうか。どうしようかな、どうしたらいいんだろう。一日に何度もこういうことを考えてはため息が出る。

不意にななめ後ろの方から「うわ！」という声がした。

見ると、高齢の男の人の姿があった。

二十メートルくらい先からこちらへと、何十羽もの鳩《はと》を引き連れながら歩いてくる。

「今日はなんもねえ。なんもねえってば」とおじいさんは鳩に対してぶつくさ言っていた。どうやら鳩にとっておじいさんは餌をくれる人になっているらしく、まとわりつかれているようだった。腹の底に響くような鳩の鳴き声と共に、こちらに近づいてくるおじいさんの姿もだんだん大きくなる。どうにも見覚えのある気がして、そのおじいさんがジムに通う西原さんだとわかるのと同じタイミングで、向こうも私のことに気づいたようだった。

私は会釈した。「大変ですね、鳩」

「まいっちゃうよねえ。こいつら寂しがり屋で。ここ、よくくるの？」

「はい。まあ」

「そうかあ。いつもあそこの公園で餌やってんだけど、迷惑か」

「え？　さあ？」

「川はいいよな」

「はあ」

なんとなく気まずい空気だった。私はもっと気の利いた返事をしたかったけど、なにも思い浮かばなくて、西原さんも無言だったから、こうするのが正解なのかもしれないと思って教科書に目を戻した。けれど、西原さんは鳩と共に河川敷の斜面を下って私の前方まできて、「うーーーん。気持ちええ。気持ちええ」とわざとらしく言いながら、伸びをしていた。なにかまだ話したそうだったから、私は「あの」と言ってみた。「バナナチップ。あのあと、持って帰って食べました。おいしかったです」

「そう。よかった。迷惑だったかと思ってた。あ、あのさあ！」

西原さんが突然大きな声を出した。

「ユメちゃんは彼氏とかいる？」

なんだ？　と思っていると、西原さんは、「オレも若い頃はそういうの気にしてた」と、聞いてもいないのに自分の若い頃の話をはじめた。

「オレは昭和二四年の生まれだから、今のユメちゃんくらいの年齢の時は、周りは学生運動のムード一色だったんだよなあ。オレはそういうの、冷めた目で見てたんだ。周りのやつらを見下していた。そんな時に初めて異性とつきあった。彼女も学生で、オレたちはふたりして世の中の流行に歯向かうようにして生きてた。でもなあ、学生の時だけのつきあいだった。それから何年かして、お互い別々の相手と結婚することになったんだよ。

妻とはお見合いで出会ったんだ。妻は、美代子《みよこ》は上司の娘さんだったんだ。上司に勧められるがまま、好きかどうかもわからないうちにつきあうことになって、オレは、家庭を持つのが男として当たり前のことだと思ってたから、流されるようにプロポーズしたんだよな。美代子との結婚が恋愛だったかっていうと、きっとそうじゃない。でも、美代子はいいやつだった。オレのことを支えてくれた。家のことも全部やってもらって、迷惑かけっぱなしだったな。美代子は、恋愛の相手っていうより、家族として大切だった。美代子もオレのことそう思ってたみたいなんだよな。二十年目の結婚記念日に『こんなに続くと思ってなかったなあ』ってオレが言ったら、『きっと恋じゃなかったからよ。でもそのおかげでいっしょにいられた。これからもよろしくね』なんて美代子は言った。美代子がそんなはっきりした物言いをするのはめずらしかったから、オレは驚いたよな。それに、うれしかった。オレは、美代子に嫌われていなかったんだ、って。美代子と家族として過ごした時間は、オレのしあわせだった。ただ、子どもができなかったことだけが心残りだった」

「心残りだった？」

含みのある言い方に、私は尋ねてみた。

「美代子は、一七年前に亡くなったよ」

「……そうなんですか」

「ああ」

なんで私にこの話を、と思っていると、西原さんはこう言った。

「困らせちゃったか。いやあの、相談があってな？」

「相談？」

「考えてみたらオレ、恋をしたことあるのかなって」

「えっと？」

「ほら、美代子とはそういうんじゃなかったから。そういうんじゃなかったんだな、ってわかったから。それにどうも、学生の時分につきあった人とも、恋じゃなかったんじゃないかなって、オレは思っちゃうんだよ。気は合ったんだけどな。それだけだったんじゃないかっていう気がするんだ。それで、なあ、こんなジイさんが言うことだって笑わないでくれよ。オレ、今、恋してるかもしれない」

「え？　へぇー。へぇー。あの……それこそ、どうして私に？」

少し緊張した。ポケットの中のスマホを握りしめた。舐《な》められないようにと、できるだけ一音一音はっきり発音した。

「若い子は考え方が柔軟だろ?」

「さあ。人によるんじゃないですかね」

「とにかく、ジムにくるジイさんバアさんよりは、ユメちゃんに聞いてほしいんだ」

「かもめジム、関係あるんですか?」

西原さんはゴクンと唾を飲み込み、周囲には誰もいないのに、声をひそめた。

「ジムの会員なんだよ。その人も。三田園《みたぞの》さん。ユメちゃん、受付でしょ? 三田園さんのことなにか知らない?」

ふっ、と体から力が抜けた。スマホから手を離した。そうか、と私は思った。西原さんは、私からその好きな人の情報を聞き出せないかと思って、恋の話をしたのか。

「三田園さん、ですか」

誰だっけ。名前に聞き覚えはある。でも、姿までは思い浮かばない。

「そう。三田園草太《そうた》さん」

「男の人? じゃあ、西原さんって」

「いや、そんなこと考えてもみなかった」

そう言ったあと西原さんは、「いや……」「うーん」となにかを迷っているかのように何度か繰り返したのち、こう続けた。

「考えてもみなかった——なんてのは、違うな。嘘《うそ》だよな、これまでの気持ちをなかったことにするのは。悪いね。他人にこういうこと話すなんてはじめてで、自分でもうまく言えるかはわからないんだ。さっきのは、忘れてくれ」

それから西原さんは、私に語って聞かせるというよりも、自分自身の中に潜り込むみたいに、ぽつぽつと言葉を繫《つな》げた。

「思い返してみると、これまで出会ってきたやつらに、いい男だなあ、って思うことはあった。でもそれが、そういう気持ちなんだ、ってことはオレは、かたくなに考えないようにしてきたんだよなあ。そうなんだよなあ。でも、もういいかって思った。三田園さんを前にしてる時に、そう思った気がするんだよ。オレ、二年前に大きい病気してね。それでなにかが吹っ切れたのかもしれない。自分を閉じ込めておくには、もう後先ないんだって。なあ、ユメちゃん」

「はい？」

私が聞き返すと、西原さんは頬を赤くした。

「ヤりてえ、って思っちまったんだよ。三田園さんをジムで見つけた時に。やさしそうだって思った。オレの、自分でもよくわからない寂しさを埋めてくれるかもしれないって、まだ話したこともないのに期待した。期待してるってことはそうなんだろう、って、性欲のあとにようやく自分でわかったんだ。気持ちが三田園さんを向いてるって。笑っちまうよ。こんな歳になって、いや、こんな歳だからかな。頭より体の方が先に、自分にはこの人が必要だ、って自分自身に教えてくるなんて。はあ。こんな歳で、恋心みたいなものを抱くなんてな。きっと最後の恋だ。オレはそう思う。なあユメちゃん。なあ、オレは、変なこと話してないかい？　こんなジジイがこんな話って、思ってないかい？　オレは思ってるよ。ほんとに、悪いね。赤の他人のジジイからこんな話聞かされて」

西原さんの目から涙がぽろぽろと流れた。

自分の感情の話をしているということが怖いのか、仔犬《こいぬ》のように体が震えている。

私は、おそるおそる西原さんの背中をさすった。拒絶されていないようだとわかると、その手にだんだん力を込めていった。私の手があたたかくなりますように、西原さんをあたためられますようにと願いながら、「変じゃないですよ」と言った。「なにもおかしくない」そう、何度も伝えた。どこまで繰り返しても、繰り返しすぎることはないと思って。

三田園草太さんは四四歳。週に二、三度、平日は夜に、休日はお昼くらいにジムを訪れる。テストが終わってジムでのバイトを再開すると、私は三田園さんのことを観察するようになった。

三田園さんは四角い黒縁メガネをかけ、少し長めの前髪を八対二くらいに分けていて、髭剃《ひげそ》りあとで頬や顎が青くなっている。慢性的に寝不足なのか目が充血していることが多かった。私はなんとなく、昔の時代の真面目《まじめ》な男の人、という印象を抱いた。真面目で、あまり融通が利かなそうというか。

三田園さんは、いつも胸や腕回りを鍛えるチェストプレスというトレーニング機器ばかり使っている。バイトの先輩の話だと、三田園さんはかもめジムに通いはじめた半年前はやせ細っていたらしいが、今では筋肉がついて胸板がそこそこ厚い。チェストプレス以外はしないせいか、下半身はひょろっとしている。小さめの顔は胸板との対比で余計に小さく見えた。几帳面《きちょうめん》な性格なのだろう、いつも使うチェストプレスが決まっていた。ずらりと並んだチェストプレスのうち、左から三番目のものだった。そこが空いていなければ、三田園さんはストレッチをしながら空くのをじっと待つのだ。そして、甘いものに目がないのか、トレーニングの合間合間にウエストポーチから取り出した個包装の小さなチョコを口に運んでいた。

私は、二階ジムエリアの巡回兼清掃の時間、ランニングマシンの持ち手部分を消毒液を含ませたタオルで順に拭きながら、さりげなく三田園さんの様子を窺《うかが》ってみた。

三田園さんは最新のワイヤレスイヤホンを耳に嵌《は》めてトレーニングしていた。重りを最大にしたチェストプレスをゆっくりゆっくり胸の前へと寄せ、またゆっくりゆっくりと左右に開いた。それを何度か繰り返した。と、私の視線を怪訝《けげん》に思ったのか、三田園さんが会釈をしてきた。すると、三田園さんの近くでステップマシンに乗り、下半身を鍛えていた西原さんもこちらを見て会釈した。私は三田園さんと西原さんに向かって小さく会釈を返す。三田園さんは一瞬不思議そうな表情をして西原さんの方を見た。それで西原さんは慌てて顔を伏せ、なにか足元に落としたふりをした。

西原さんはステップマシンからぎこちなく降り、私の方をちらっと見たあと、大きな咳払《せきばら》いをし、三田園さんの方へ近づいていった。

わ、と私は思った。ドキドキが伝わってくるようだったし、西原さんの気持ちを想像できた。私という観客がいるから、少し大胆な気持ちになれているのかもしれない、そのことが。

がんばれ、と私は思った。どうしてだろう、西原さんのことはまだろくに知らないというのに、恋をしているというだけで、私にはなにか、かわいい存在のように思えた。それといっしょに、この「かわいい」の気持ちが、男の人と男の人の関係だからそう思うというのではなくて、本当に、西原さんが恋をしているからというだけの理由だったらいいと思った。

「あの、よかったら、使い方教えてくれませんか」

西原さんは声を震わせながら、できるだけ紳士的に聞こえるよう丁寧にそう言った。三田園さんはイヤホンを外し、一瞬の間の後、「えーっと」と、あたりを見回しトレーナースタッフを探した。それから、困惑と驚きの中間みたいに目を大きくしたかと思うと、微笑みを見せ、「お隣どうぞ」と、空いているチェストプレスを手で指した。西原さんは三田園さんの左隣に腰掛けた。「じゃあいっしょにやってみましょうか」と言う三田園さんの真似《まね》をして腕を動かしながら、天気のことや、健康のこと、最近奄美大島に旅行にいってきたということをうれしそうに話した。

「いいじゃん。いい感じじゃないですか」

数日経《た》った日の放課後、道重徳弥を見に河原にいくと西原さんがいたから、私はそう伝えた。西原さんは「いやあ、そう?」とにやけていた。引き連れている鳩の数は心なしか減っていた。

私は、これといって三田園さんに思うところはなかったが、「やさしそうな人ですね」と西原さんに言ってみた。誰も傷つけない、無難な言葉だと思った。

西原さんは、私の言葉に照れたように首の後ろを掻いた。

「ユメちゃんオレ、このあとどうすればいいかな」

そう聞いてくる西原さんは同年代の男の子みたいで、思わず私は笑ってしまった。

「ご飯いくとかどうですか?」

私のごく平凡な提案に西原さんは「その手があったか!」と手を叩いて驚いた。

「そんな大げさな」と私は言ったが、どうやら西原さんは、本気らしかった。本気で恋して、周りが見えなくなっていた。だいぶ前のめりだな、と私は思ったが、うらやましい気もした。

「ユメちゃん、どうした？」

「いや、なんか、いいなって。そういう、恋で冷静にいられなくなるのって」それから私は、少し考えたあと、話しても害はないかとこう続けた。「私も好きな人いるんですけど、ずっとアクション起こせないのって、私が変に冷めちゃってるからかなって」

「ユメちゃんは冷めちゃってるのか？」

「ていうか、怖いのかな。その人とは普通に友だちって感じなんですけど、今の関係が崩れるのが怖い。もしフラれちゃって、それで気まずくなってこれまで通り話したりできなくなったら、なんて考えると、なにもできない」

「オレはさあ、今すぐお迎えがくるなんて思わないけど、きっとユメちゃんよりずっと早く死ぬだろ？　だから、これが最後かなって思うんだ。恋なんてオレの人生でこれが最後かもって。だから、怖いとか考えてる暇もない。もう、当たって砕けるしかない」

　最後。その言葉は、私にはあまりに実感が湧かないものだった。

対岸では、夕陽《ゆうひ》に染まった道重徳弥が、光のかたまりになりながらトロンボーンを吹いていた。私は、あいつのことをどれほど好きなんだろう。

たとえば、道重徳弥とつきあえたら、他にはもう誰とも人生でつきあわなくていい、そう思えるくらい好きだろうか。こういうことを考えている時点で、私は真剣ではないのかな。そういうの、考えはじめると、この恋はもう、はじまる前から失敗しているのかもしれない——そんな気持ちになって、しんどくて仕方なくなってきた。私は、体育座りの膝と膝のあいだに顔を埋《うず》めて、西原さんがなにか心配の言葉をかけてくれているのも聞かず、「最悪だ」とつぶやいた。

けれど、ぶおー、とトロンボーンの長い音とそれから「おーい！」という声が聞こえたから、私は、体がひとりでに反応するみたいにして顔を上げた。立ち上がり、向こう岸の道重徳弥に思い切り手を振って、おー、とか、うおー、とか、わけのわからない言葉を叫んでいた。

叫んでいるあいだ、心は晴れていた。

道重徳弥のことが好きだ、と、私が私に伝えていた。

西原さんは、ジムの後に三田園さんとファミレスで食事をしたそうだ。

西原さんは、お互いがなにを注文したかまで私に詳しく教えてくれた。三田園さんは、週に一度、安いファミレスで豪遊するのが趣味のようだった。豪遊と言ったって二、三千円だけれど、食べきれるかどうかギリギリの量を見極めるのが、三田園さん曰《いわ》く「たまらない」のだそうだ。「今日はふたりだから難易度があがっちゃいますね」と三田園さんはにやけながら西原さんに話した。西原さんは食が太い方ではないが、三田園さんをよろこばせたくてドリアやパスタを限界まで頬張り、グラス百円のワインを呷《あお》った。

ふたりともいい感じにほろ酔いになった頃、三田園さんが西原さんに「悩みがあるんです」と言った。こっちに気を遣ってるんじゃないか、と西原さんは思ったそうだ。相談事をする歳下と、アドバイスをする年長者という構図を、自分をよろこばせるために三田園さんが作ろうとしているんじゃないか、と。そうは思ったが、三田園さんの悩みを知れるなんてまたとない機会だし、打ち解けられるんじゃないかと西原さんは期待した。なにより、もう少しいっしょにいたかった。

「孤独なんです」と三田園さんは言った。「自分の仕事は、コワーキングスペースを運営する業務なんですけど、ここ何年かずっと忙しくて、いつの間にか仕事中心の生活になってしまって……。職場と家の往復、毎週のジムや、こうした外食。その繰り返しで、それはそれなりに充実してるっていうか、収入はそこまでなくても、うん、悪くない。悪くない暮らしだってわかってるんですけど、他の刺激が一切ないっていうか、生活のサイクルが、がっつり固定されてしまっていて。この暮らしが何年も続いてて、これからもずっと、もしかしたら十年、二十年続くのかと思うと、人生に意味なんかあるのかなって、怖くなってしまって。すいません。贅沢《ぜいたく》な悩みですよね」

それを聞いて西原さんは、手に持っていたワイングラスをテーブルに叩きつけた。その時西原さんは酔っていたらしく、酔いとともに舌もよく回った。

「なにが孤独だよ」と西原さんは言った。「あんた、安定してるじゃねえか。いい生活してるんじゃねえか。あんたの仕事のことなんかは知らねえけどなあ、あんたは、ただぬくぬくとした暮らしに慣れて、退屈になってるだけだろ？　ほんとの孤独って知ってるか？　あんたまだ四四歳だろ？　自分では歳取ったつもりかもしれねえけど、日本の平均年齢にもまだ届いてないんだよ。まだあんたは、その程度しか生きてないわけ。なのに、何十年もたったひとりで、友だちづきあいもなく死んでいくなんて、今から考えるなよ。孤独なんて言うなよ。知らないけどさ、あんたには職場の同僚だっているだろ。オレみたいに、ジムで出会うやつだっているだろ。自分で自分を孤独にするなよ」

しまった、言い過ぎた。西原さんはそう思って、お代を置いて、ひとりファミレスを出た。三田園さんに嫌われたかな、とその日はろくに眠れなかった。三田園さんの言葉に、とにかく腹が立ったそうだ。

収入は年金しかないし、体もいつまで動くかわからない。自分の方がよっぽど心細いのに、三十ほども歳下の相手が「孤独」なんて言うものだから。

次の日、どうにでもなれと開き直るような気持ちでジムにいってみると、入口のところで三田園さんが待っていた。雨が降っていて、上着を頭の上に被《かぶ》せるようにして、足元を見ながら小走りでジムに入ろうとする西原さんを、三田園さんがスッと傘の中に入れてくれた。

「なんだよ」

と西原さんが言うと、

「西原さんの言う通りでした。自分で勝手に殻を作ってただけです。ありがとうございます。おかげで、チャレンジしてみる気になれました」

なにへのチャレンジなのかはわからなかったが、西原さんは、どうやら三田園さんに嫌われたわけではないということに、それどころか、言いたいことを言って仲が深まったようだということがひどくうれしかった。西原さんと三田園さんは、曜日を決めて定期的にファミレスにいく約束さえした。

「めちゃくちゃ進展してる。すごいなあ、西原さんは」

私は、心の底からそう言った。

いつの間にか、西原さんと私は、お互いの恋について、河原で相談する仲になっていた。

私が一七歳で西原さんが七五歳だから、五八歳差ということになる。西原さんはそのことを気にしているというか、時々、「こんなジイさんが」、と自虐めいたことを言う。私はそれがちょっと苦手というか、自虐に対してどういう返事をするのが正解かいつもわからない。

でも、私がいちばん、私と西原さんの年齢差を気にしているのかもしれなかった。西原さんのことを、おじいさん扱いしているというか。私と西原さんの関係の中では、西原さんが同性を好きだということは私にとって特別なことではなくて、それよりも、「五八歳差」っていう数字の方が気になることだった。

もし西原さんが、おじいさんって感じの年齢じゃなくて、おじさんだったり、もっと若かったりしたら、私は、あの時聞いた西原さんの「ヤりてえ」って言葉を、けっこうきついと思ったんじゃないだろうか。

ということは私は、なんというか、西原さんのことを、おじいさんというだけで、無害な存在というか、マスコットみたいに思っているんじゃないだろうか。それってつまり、西原さんのことを心のどこかで舐めているということでは。

「でもなー、ユメちゃんのおかげだよ」と西原さんは言った。「ユメちゃんが相談に乗ってくれなかったら、オレ、三田園さんに声をかけることさえしてなかったかもしれねえ」

「そんなことないです」

なぜだか私は泣きそうだった。

「ユメちゃんの方はどうなの。あの、向こう岸にいるあの子と。どうなの」

私はじっと黙った。

「そっかー。まあ、オレたち、どっちもダメだったら。な。オレとユメちゃんでつきあっちゃうかあー」

なんて言って、西原さんは笑った。私もつられて頬がゆるんだ。西原さんのことを「おじいさん」としてマスコットみたいに思っているから、笑えたのだろうか。

そうじゃなかったらいいなと思った。

この笑いは、そういうのじゃなくて、私と西原さんがとっくに友だちであることの証だったらいいな。

「あのおじいさん誰」

道重徳弥にそう聞かれた。

私は、道重徳弥のことが好きだと自分を昂《たかぶ》らせたはいいものの、なにもアクションを起こせていなかった。そんな折、急に道重徳弥から呼び出されたのだ。そこは放課後の学校二階の廊下で、ろくに刈り込まれていない植え込みの木々の枝が、窓を外側から引っ掻いていた。

「おじいさん？」

「いつも河原で話してる。おまえん家《ち》、おじいさんいなかったよな」

「ああ。西原さんのこと？　知り合いだけど」

「知り合いって、どんな知り合い」

「えっ？　ジムの、常連さんだけど。ほら私、ジムでバイトしてるし」

「客とバイトがなんであんなに仲良さそうなの」

うそでしょ、と私は思った。もしかして道重徳弥、西原さんに嫉妬してる？　でも普通に考えて、高校生の男子がおじいさんに嫉妬するなんてことある？　いや、そう考えるのって西原さんに失礼？

「友だちなんだけど。いつも、西原さんが私の恋愛相談聞いてくれるんだ」

もちろん、道重徳弥のことを話しているということは伏せた。西原さんも私に恋愛相談をするのだということも黙っておいた。なぜだか咄嗟《とっさ》にそうしてしまったが、私はたぶん、私に好きな人がいることを道重徳弥に印象付けたくてそうした。道重徳弥が焦ったりすればいいと思った。

「恋愛相談？　なに？　あのおじいさん占い師かなんか？」

「占い師？　占い師ではないけど……」私はどうしてか、私の話をおもしろいと思ってほしいと、話に嘘を交ぜた。「でもすごいんだよ。西原さんに恋愛相談したら必ず恋が叶《かな》うって、都市伝説みたいになってるんだから」

「ふぅーん」

「あのさ、いつもトロンボーンがんばってるじゃん」

「まあ、三年からはじめても意味ねえけど」

「意味ないわけないじゃん。私、いっつも聴いてるし。道重のトロンボーン聴くの楽しみだよ」

「そうか。サンキュ」

そう言うと道重徳弥はどこかへ走っていった。


恋の季節だった。

私や西原さんだけじゃなく、身の回りには恋が溢《あふ》れていた。クラスの担任の妻林《つまばやし》慎吾《しんご》先生は、国語の下田《しもだ》伊織《いおり》先生と手を繋いで街を歩いているところを目撃された。授業中、生徒たちに囃し立てられても満更でもなさそうだった。

私の母親は、再婚しようとしていた。マッチングアプリで気になる相手を見つけるとすぐ私に「どうかなー」と画面のスクリーンショット付きでメッセージを送ってくる。親の恋愛なんてキモかった。そのことを西原さんに話すと西原さんは「オレの方が親御さんよりよっぽど歳上だと思うけど」と不満気に言ったが、流石《さすが》にそれとこれとは話が別だと思う。

恋はかもめジムにも蔓延《まんえん》していた。相変わらずお客さんたちの出会いの場になっていた。

決定的なのは高木由人《たかぎよしと》さんの存在だ。春からジムスタッフ兼ヨガインストラクターとして着任した新卒の高木さんは、おばさまやおばあさまたちに大人気だった。高木さんはイケメンなのだった。予約制のヨガクラスは連日満員で、お客さんだけじゃなく、スタッフの中にも熱を上げている人が何人もいた。ただ単に誰かにあこがれたり、推したり、高木さんそのものというより、推したりすること自体が好きな人が大半に思えたが、中にはガチ恋らしき人も少なくない数見受けられた。サオリさんはそのひとりだった。

サオリさんはいつも、女性客たちから猛アタックを受ける高木さんに「大変ですね」と声をかける。「大変ですね」と高木さんに声をかけて労《ねぎら》うのは、どうやらジムの中では、サオリさんのポジションになっているらしかった。一度私がヨガクラス終わりの高木さんに「どうもお疲れ様です」と声をかけただけで、後でサオリさんにどぎつい舌打ちをされた。

それ以降私は、サオリさんや高木さんに下手に近づかないよう、それまで以上にサオリさんに気を配るようになった。

サオリさんは今どこのフロアにいるか、誰といるか、どういう話をしているのか、そういうのをチェックするようになって数日が経ったある日のことだ。私は目撃してしまった。

まったく、恋の季節だった。

ジムの閉館時間である二二時間近、サオリさんは、七階にあるゴルフの打ちっぱなし場に転がったゴルフボールを拾っていた。

一八歳未満の私は二二時までしか働いてはいけないから、その日の私のするべき業務はもう終わっていて、タイムカードを押していい時間がくるのを、紙コップに入れたウォータークーラーの水を啜《すす》りながら、バックヤードでそわそわと待っていた。待ちながら、監視カメラのモニターを見ていた。各階にある監視カメラの映像が、バックヤードの大きなモニターに分割表示されるのだ。画面右下に、七階の映像はあった。七階の小ロッカーを映すものと、打ちっぱなし場のネットを支えるポールに取り付けられた、全体を俯瞰《ふかん》できるもの。サオリさんはその視野の広い方の監視カメラに小さく映っていた。

この日は夜になって連れ立ってやってきた一六名ほどの中年の男性たちが、どういうわけか同窓会の二次会として打ちっぱなしを利用したから、大量のゴルフボールが転がっていた。サオリさんは先端がカゴ状になった専用の器具でボールを拾い集めていた。

打ちっぱなし場に誰か男の人が現れたかと思うと、いきなりサオリさんが器具を放り出し、彼の方へと駆け出した。どうやら、ゴルフボールを踏みでもしたのか、男の人が仰向《あおむ》けにすってんと転んだらしかった。助けるために駆け寄ったサオリさんが彼を起き上がらせた。男の人は、右手になにか持っていた。よく見るとそれは花束だった。彼は、サオリさんに花束を渡した。よく見ると、男の人は三田園さんだった。

散々迷った末私は、あの日見たことを、監視カメラ越しだったし見間違いかもしれない、という留保つきで、西原さんに伝えることにした。

いつもの河原だった。この日は嘘みたいに青空しかなかった。風も気温もちょうどよくて、気候のよさで、西原さんの気持ちが少しでも紛れたらいいと思った。

「それで、どうなった?」と西原さんは私に聞いた。

「三田園さんは、花束を渡したらサオリさんにお辞儀だけして去っていったよ。その時なにか話したのかもしれないけど。サオリさんの様子は、普通。今まで通りヨガの先生に熱をあげてる。あ、いや、心なしか最近、機嫌がよさそうかもしれない。ごめん、詳しいことまでは知らない。でももしかしたらあの花束、私が考えてるような意味のものじゃないかもしれないしほら、花は、ただの花だし、すぐ枯れるし、だいたい、花束あげたからってだからどうなるってもんでもないし、それに私、三田園さんがサオリさんと話してるところなんて見たことないし、だったら西原さんの方がよっぽど、そうだよ、サオリさんなんかより西原さんの方がよっぽど三田園さんと……」

西原さんが、泣いている私の背中を撫《な》でてくれた。悔しかった。泣きたいのは西原さんの方だろうに、私は、その涙を奪ってしまった。

「そうかーー」

と言いながら、西原さんはぐーーっと伸びをした。それから、

『おかげで、チャレンジしてみる気になれました』

「え？」

「三田園さん、ファミレスで呑《の》んだ次の日、そう言ったからさ。チャレンジって、そういうことだったのかな」

「あの、私、西原さんに余計なこと伝えた。本当にごめん」

私が見た三田園さんのことを西原さんにきちんと伝えなければ、私は、友だちに嘘をついているみたいになる。そう思ってのことだった。私は、私と西原さんの友情を大切にしようとしたのだけれど、独りよがりだったのかもしれない。ただ私が、私のためにに友だちにフェアでいたいと思っただけだ。そんなことより今は、西原さんの恋の方が大事だっていうのに。

「ごめん。ごめんね」

「……いや、よく言ってくれたよ。ありがとうな、ユメちゃん」

西原さんはため息を吐《つ》いた。それから、乾いた笑い声を立てた。

「これでオレも、決心がつきました」

と西原さんは言った。

どうして敬語なのか、私は聞けなくて、ただ寂しかった。


次の日、西原さんはジムにこなかった。傷心しているのだと思った。私になにが言えるだろうか、と考えたが、しばらくそっとしておくのがいちばんな気がした。でも、それがいけなかったのかもしれない。

その週も、翌週も、西原さんはジムに現れなかった。

河原にいってみても、西原さんはいなかった。電話も通じない。私は、なにか事情を知っているのではないかと三田園さんの姿を探したが、三田園さんもしばらくジムにきていないようだった。

雨が降った。なかなかやまないな、と思っていると、豪雨になって何日も続いた。川は荒れ、水量は増した。落ちたらきっと、助からない。

――恋なんてオレの人生でこれが最後。

いつかの西原さんの言葉が胸をよぎった。

嫌な予感がした。ある日の放課後私は、ジムの会員名簿を頼りに西原さんの自宅へ向かった。

西原さんの家は、北鷗町の外れの古びた集合住宅にあった。三〇三号室。呼び鈴を押しても反応がない。どうも壊れているようだった。ノックをしたけれど、それも応答がなかった。

「西原さん！　私です。いますか？　元気ですか？　元気でいてくれたら、それだけでいいんです。それだけで。私、よかったよ。西原さんと友だちになれて。いつも楽しかったよ。また河原で話したいよ。待ってるから。待ってるからね」

西原さんはいないというのに、どこに届けたいかもわからないまま私は、思い浮かんでくる言葉をその家の玄関扉に向けて話した。私は、しばらく扉を見つめた。そして、その場を後にしようと数メートル歩いたところで、背後から「あの」と声がした。振り向くと、ドアが開けられていて、西原さんの家の中から、三田園さんが顔を覗かせていた。

「いやーー。風呂場で転んじゃってさあ！　オレ、風呂入りながら刑事ドラマ見るのが趣味だろ？　だから転んだ時にスマホも水没しちゃって。買い替えるまで時間かかっちゃって。病院いったらさ、ヒビなんかは入ってないみたいだけど、足も腰も腕も、全身痛えし、ジムにはいけねえし、どうしたもんかなって思ってたんだ。そしたら、ユメちゃんより先に三田園さんがお見舞いにきてくれたんだよ。わざわざ電話かけてきてくれてよ。いやーー。うれしかったよ。それから仕事終わりに食料品買って家にきてくれるようになってさあ」

湿っていて埃のにおいのする、きっと年中出しっぱなしのこたつに入ってそう話しながら、西原さんは三田園さんの背中をバンバン叩いた。

「それにしてもユメちゃん、さっきの言葉、沁《し》みたなあ」

「西原さん、聞いてたの？　三田園さんとふたりして？　それ、性格悪くない？」

「ありがとうな。オレも、ユメちゃんと友だちになれてよかった。よかった」

西原さんは、ものすごく皺《しわ》が増えていた。

転んだのが関係あるのだろうか。顔を合わせていなかったのはほんの二週間ほどだというのに、西原さんはずいぶんと老け込んだように見えた。けれど、西原さんは終始とびきりの笑顔だった。

「あの、ふたりって……」

私はおそるおそる聞いた。

三田園さんが咳払いして、一拍遅れて西原さんが「ああ」と言った。

「そういうことだな」

と西原さんは笑った。

「え！　そういうことって、そういうこと⁉」

それにこたえたのは三田園さんだった。

「これは、もしかしたら失礼な物言いになっちゃうかもしれないんですけど、西原さんのことを放っておけなくて。僕は、西原さんを孤独にさせたくなかったんです」

三田園さんの言葉に、私はホッとして、そのことでずっと緊張していたのだと気がついた。

「わ〜」と私は言った。「よかったね〜、西原さん」

よかった〜、と私は繰り返した。どこまでがどこまでなんだろう、ということは、流石にプライベートな話過ぎて聞くことはできなかった。

「ユメちゃん。もうけもんだよ。人生どう転ぶかわかんないからな。風呂場で転んだやつがこう言うんだ、説得力あるだろ」

西原さんは掠《かす》れた声で言った。

私は、さっきの三田園さんの言葉が気になり始めていた。「孤独にさせたくない」って、恋とはちょっと違うかったりする？　って思いはしたものの、でも、ふたりがどういう関係でも親密なら、西原さんが今、楽しそうなら、とりあえずはそれでいいのかも？　なんて思いもした。

「ところで、ユメちゃん」

西原さんが私の肩を叩いた。こんなに力が弱かったか、と思うと、一瞬悲しくなった。西原さんは続けた。

「ユメちゃん、悪かったなあ」

「え？　なにが？」

聞くに、西原さんは、私の知らないところで、道重徳弥からの恋愛相談を受けていたらしかった。道重徳弥の好きな人は、吹奏楽部のOGらしかった。大学二年生の彼女が北鷗高校の三年だった時、道重徳弥は一年生で、一目惚《ひとめぼ》れだったらしい。道重徳弥が怪我を機に吹奏楽部に入ったのは、吹奏楽に興味があったというのもあるが、それよりも、たまに部活に教えにくる彼女に堂々と会って、話ができるから、という理由らしかった。「早くトロンボーンを吹けるようになって、彼女の前で恋の歌を演奏したい」と道重徳弥は西原さんに照れながら話したそうだ。えっ、と私の心はざわめいた。それからすぐに、くそ、くそ、くそ、くそ、と私の心はうるさくなった。くそがよっ！　と叫んでいた。恋の歌を演奏したい？　はあ？　ロマンチックかよ！　私は悔しくて仕方がなかったが、その年の夏、道重徳弥と女の人が手を繋いでいるところを街で見かけた。わかってる。人生長いとかわかってるよ。私はまたきっと誰かに恋をする。西原さんみたいに、ずっと歳を取ってから新しい恋を発見するかもしれない。それでも、道重徳弥と彼女を見たあの時、私は死んだ。

第二話

大人って いつからなるんだろう

さっきからあくびが止まらなかったけど、他に人もいなかったし口を手でおさえたりしなかった。もちろん急にお客さんが受付にやってくる可能性はあった。なにせ暇だったたから、いかに大胆にあくびができるかなんてことさえもちょっとした遊びだった。遊びなんて言って、もう三六歳。若い頃に思ってたより三十代ってそんなに老けてない。少なくとも精神的には。考えることだったり趣味なんかも二十代と、いや、十代の頃とそんなに変わらない。だとしたら大人っていつからなるんだろうなんてことを思ったりするけど、流石にそれを口にするのは幼過ぎるか。

正面に見える窓には、受付に座る私の姿がうつっている。スマートフォンを取り出してカメラモードでその自分を拡大し、写真を撮ってみる。それから、カメラを反転させてもう一枚。このところ自撮りを日課にしていた。「いつでも自分の顔を気にすること。いろんな角度から自撮りしてみましょうね。見られることを意識すれば自《おの》ずとくっきりしたお顔立ちになってきます」。昼のワイドショーで有名なメイクアップアーティストが言っていた。

平日の昼過ぎは空《す》いていることが多い。うちのジムはお年寄りの利用客が多いから、自然と午前中が混雑する。スタッフの人員も午前中と夜が多くて、昼間は最小限の人数で回していた。七階建ての大きなジムだから流石にどんなに暇な時間帯でも利用客がゼロなんてことはないけれど、このところは経営が厳しくて、月額料金を値上げするペースもどんどん上がっている。転職先を探した方がいいかも、と思いつつ、なにもせずだらだらと日々を過ごしていた。

窓ガラスにぽつぽつと水滴がついていく。雨が降り始めたみたい。この分だと、今日はほんとに暇だろうな。

またあくびをしかけたところで、エレベーターが開いて、随分と腰の曲がったおばあちゃんがやってきた。前じゃなくて、地面を見て歩いてるみたいな。もしかして利用客？　ここジムだよ？　なんて思いながら、

「こんにちは。今日はどうされました？」

するとおばあちゃんは弱々しい声で、

「あのー、はじめてで」

やっぱり、利用客なのか。まずは設備や利用方法、料金のことなんかを説明する必要があった。おばあちゃんは椅子を引くのもしんどそうだったから、私は一旦受付から出て椅子を引いてあげ、おばあちゃんの荷物を代わりに持ち、肩を支えながら座ら

せてあげる。それだけの動作で一分近くかかる。介護じゃないんだよ〜、と胸のうちで唱えながらも笑顔を絶やさない。おばあちゃんにその意思があるのだから、私はかもめジムのスタッフとして入会へ向けてサポートする必要がある。

マニュアルに従って入会時の説明をしたけれど、おばあちゃんはパンフレットではなく足元に視線を落としたままだった。聞いてますか？　言いたくなったけど言わない。料金表の細かい数字はルーペで拡大して見せてあげる。積極的に勧めるというよりは、入会するしないはどうぞご自由に判断してください、という態度で接していた。ジム利用で怪我でもされた方が困るじゃん。

「で、どうなさいますかね？」

しばらく待ったけど、返事はなかった。相当に迷っているとかそういうことではなかった。おばあちゃんは足元を見続けているわけではなく、うつらうつらとしていたのだ。なんてこと。私は、さっき自分もあくびばかりしていたことを忘れてボールペンをカチカチしたり、咳払いをしたり、机をそこまでの音じゃなく、でも繊細な人だったらちょっと気にしてしまうくらいの感じで叩いたりした。おばあちゃんに起きてほしいというのもあったが、私のイライラを伝えたかった。

カチカチ。ごほんごほん。バン。カチカチごほんごほんバン。バン。バンバン。

私って嫌な感じかな。うっすら自己嫌悪が湧き始めたタイミングで、おばあちゃんが目を覚ました。

「どうなさいますか？」

「んっ？」

「ジムの入会」

「ああここ、ジムね。せやったせやった。そうやった」

関西弁だ。これまで話したことも忘れてしまったようだった。もしかしたら説明の最初から寝ていたのかもしれない。

私はもう一度、各フロアにどのような設備があるのかというところから説明する。

でも、またおばあちゃんは寝ちゃう。

「ちょっと！」

大きな声だ、と自分でもわかる。

だって、しょうがなくない？

声に驚いたおばあちゃんは、

「……帰ります。ごめんなさいね」

ごめんなさいね、って。そんなこと言われたら、やっぱり私が悪いみたい。

おばあちゃんは椅子を引くのもつらそうだった。私はさっきみたく手伝うけど、今度はどっちも無言。BGMとしてジムに流れ続けるボン・ジョヴィだけがうるさかった。エレベーターに乗り込んだおばあちゃんに、私は「あの！」と声をかけたけど、そこからなにを言いたいのか自分でもわからない。


結局その日は、シフトが終わる夕方まで他にお客さんはこなかった。私は情けないやら申し訳ないやらマイナスの感情でいっぱい。そんな気持ちとは裏腹に、このことをどうエピソードトークにしようかと頭は回転していた。あんまりよくないことだとはわかってる。でも、おばあちゃんに対してにしろ私自身に対してにしろ、少なからず嫌な気持ちを味わったのだから、おもしろく話して元を取らないとって思った。笑える話にできるといい。大きな失敗も小さな失敗も、なんだって笑えたら。今までだって、そうやって折り合いをつけてきた。というか、笑ってないとやってられない。

シフト終わりの時間がきた。タイムカードを押そうとしていると、お疲れっす～、と言って高木くんがバックヤードに入ってきた。高木くんはスタッフ兼ヨガインストラクター。今日は夕方からの出勤なのだった。

高木くんは手足が長くて背も高い。柳の木、みたいな印象を与える男の子。ちょっとハッとしてしまうくらい顔がよく、私はそこが気に入っている。好きということだと思うんだけど、こんな理由ってうすっぺらいかな。しょうがないよ。高木くんがいると、なにかシグナルでも出てるみたいに私の目は彼の顔にひきつけられてしまう。

「高木くん高木くん」

「なんすか？」

「今日も大変だったね」

「雨だからそんなにっすよ」

「そっかあ」

高木くんの人気は尋常じゃない。高木くん目当てでヨガクラスに通ってるお客さんは何人もいるし、出待ちや入り待ちがいることも日常茶飯事。

「今日こんなのもらいましたよ」

高木くんはひとさし指と中指の間にかっこつけてチケットを挟んでいる。

北鷗町の文化センターで行われる落語家の講演会のチケットだった。

「落語？　あ、じゃなくて講演会？　落語家が落語するんじゃなくて立って話すの？

高木くん、そんなのいくの？」

「いやあ。どうしましょうかね」

「捨てちゃいなよ」

ははは。高木くんは困り顔。でも笑ってるし、私はさっきのおばあちゃんの話をする。ろくに体も動かないのにジムなんて。まともに歩くのさえしんどそうだったし。このジムはお年寄りたくさんいるけどさ、それでも。ねえ。

「なんできたのかな。迷惑だよね」

高木くんはリュックからペットボトルのジャスミン茶を取り出してひと口飲み、

「えっと」と言った。

「なんかサオリさんの話って、弱いものいじめしてるみたいじゃないですか」

「えー？　そんなことないでしょ？　私、ちゃんと自分の仕事しただけだよ。入会したいっていうから説明しただけ。ちゃんと聞いてない方が悪いんじゃない？」

「お年寄りにはやさしくしないと」

えー。

「高木くんはやさしいね」

「そういう話じゃないでしょう」

なんで。なにその顔。

高木くんは高木くんらしく笑っててよ。

「はあっくしょーん！」

いつも物静かなおじさんスタッフが盛大なくしゃみをした。高木くんは、助かった、みたいな顔をする。

「大丈夫ですか～？　流行ってますもんね」

おじさんのそばにティッシュがあるのに高木くんは上の戸棚から補充用のを取り出して、おじさんのそばまで歩いて手渡した。

じーっと見つめたけど、高木くんは私に背を向けたまま。

その背中から私に向かって透明な壁でもできたみたいな。

放っておくといけない気がして、私も戸棚からティッシュの箱を取り出した。

「大丈夫ですか～？」とおじさんに渡す。それがボケみたいになって、こんなにティッシュいらないでしょって誰かツッコんでくれるとよかったけど、この場ではいちばん私がそういうタイプ。いろんなことに口を出すタイプ。変なことをちゃんと「おかしい」と思うタイプ。人と違ったりするのはいけないことだって思うタイプ。なにか言おうとしていたらまた、

「はあっくしょーん！」

私と高木くんで心配すると、なんだかあたたかいみたいな空気になった、よね？

私の家は北鷗町から電車で四駅のところ。もう十年以上昔、かもめジムで働き始める前に借りたワンルームの部屋に住んでいる。ずっとアルバイトだし、家賃帯を考えると北鷗町はかなり安い方だったけれど、若かった私はなにもない町には住みたくなかった。今だってそう。多少無理をしてでもにぎやかなところがいい。でもそのせいでお金は全然貯《た》まらない。趣味の観劇に使うお金を減らすことはできない。私のアイデンティティ。そう思うくらいたくさんの公演に通ってきたし、これからも通うだろう。四年前に、いわゆる推しである俳優のケントくんが引退してしまったことで、より熱心に舞台を観《み》にいくようになった。大麻所持の報道による突然の引退。裏切られ

た気分だった。許さない。裏切り者のケントくんのせいで私のライフワークが終わるなんてことがあってはいけなかった。

　そして現在の私は、彼が在籍していた芸能事務所の若手のシズヤくんを追いかけている。シズヤくんはまだこれから。売れて知名度のある人ではない。むしろ、そうなってしまうと興味なくなるかもしれない、と内心ちょっと恐れている。応援はしてるけど、私の応援によって生き生きしていてほしい。それより遠くへはいっちゃいけない。時々ふと思うのは、私はシズヤくん自身とシズヤくんの伸びしろのどっちが本当に好きなのかなってこと。伸びしろを追いかけて、私にもなにか可能性があったとでも思いたいんだろうか。こんなはずじゃなかった、と思いたいのか。そうかもしれない。三十代半ばで、場末みたいな町のジムでアルバイトなんて。早くこの環境から逃げ出さなきゃと思うけど、もう遅いに違いないって一歩を踏み出せない。そうしているうちに月日はどんどん経って、年齢を重ねてるってだけで、どこからも需要がなくなっていく。だからせめて、私は明るくなきゃいけないんだよな。陽気なキャラでなきゃいけない。誰だってこんな弱音は聞きたくないでしょ。明るく笑顔でいれば、いつか婚期もやってくる。高木くんはかっこいい。そうなんだよ。ぶっちゃけ、ケントくんに雰囲気が似てるんだよなあ。だから私は高木くんが好きなのか？　いやいや。うーん。そうなのかな。せめてシズヤくんに似ててくれればよかったのに。高木くん、今日私のことどう思っただろう。失敗したかなあ。次はもうちょっとうまく喋《しゃべ》ろう。うん。同じ職場なんだから、チャンスなんてたくさんある。それはそれとして、マッチングアプリで出会いを求めたりもする。この間は、Ｓさんとお茶をした。

微妙だよなあ、という思いを拭いきれなかった。

歳上だけど、Ｓさんとは話していて気が合う。「なにか映画でも観ようかなって思ってサブスク開いたけど冒頭ちょっと観てはやっぱり違うなって別のを観始めてやっぱり違うなってなって気づいたらそれだけで時間が経ってますよね」っていう話題で盛り上がることができた。初対面なのにこんなどうでもいいことで笑い合えるのは相性がいいんだろう。でもなあ、という気持ちはお茶のあいだも帰ったあとも消えなかった。Ｓさんの年収は私の理想には充分じゃない。そこを気にしないでいられる愛情は、私の中には生まれなかった。出会ったのが二十代の時だったら、つきあったりまではしていたかもなあと思う。でも、今の歳からお互いをじっくり知っていこうとするのはリスキーだ。次連絡がきたらどう断ろう。向こうから連絡がこなくなったら楽なのに。いや、それはそれで、イラッとする。

Sさんとのメッセージを見返しながら高木くんのことを考えていると、くしゃみが出て、体がひりひりし始めた。

あんまり風邪をひかない方だから、最初のうちはちょっと楽しいような気さえした。でもそんな昂りはすぐに消え、熱はないのにベッドから起き上がれないくらい体がだるくなる。明日もシフトが入ってるけど、出勤は無理。かもめジムのグループチャットに、「病欠します。急で本当にすみません」と送るとこんな時間なのにいくつか既読がついた。しばらく画面を見ていたけれど、誰もなにも言ってくれない。この中に高木くんがいたら嫌だ。落ち込んで、どうしてひとりなのにそんなことするのかわからないけど、それは最初落ち込んだふりみたいな感じだった。でもそのうちに本当に落ち込み始めてしまって、そうなると体も心もダメになった。明るくいなきゃってことさえも頭に浮かばなくなる。私はダメなんだ。理由もないのに……いや……ダメということがダメの理由になって、ぐるぐる回転して止まらなくなる。部屋の窓から車の光が時々入ってきて、それだけでちょっとしんどい。否定されてる気になる。なにに？　光に？　っていうか、私の外のものすべてに？　そんなことある？　体は疲れてるのにその日は眠れなくて、昼頃にようやく寝たら眠り過ぎてしまった。

次の日の朝。芸能事務所のYouTubeでシズヤくんが若手たちと体力テストをしている動画を観たけど、変だな、なんとも思えない。

「気分が優れない時」とYouTubeで検索したら、メンタルがよくない時の体のサインを紹介するショート動画が出てきた。夜眠れない。食欲がない。涙が勝手に出る。うわ。三つのうち二つもあてはまるなあ、と思ってたら、涙が出てきてタイミングのよさに笑った。私、大丈夫じゃないんじゃない？

こんなことは初めてだったけど、相談できる相手なんていなかった。実家の両親とはここ何年も顔を合わせていないどころか、連絡さえ取っていない。いちばんやりとりするのは観劇オタクの仲間だけど、仲良くするのと同時にずっとなんかマウントを取り合ってる感じだから、正直言ってどんな弱みも見せたくなかった。高木くん？そりゃ心配はしてくれるだろうけど、私はきっと、それに対してどう返すのがいちばん気に入られるかって考えてしまう。こういう時、変に気を張らずにいられたらいいのに。

次の日も、その次の日になっても治る目処《めど》は立たなくて、直近一週間のシフトをぜんぶ代わってもらった。一週間稼げないって死活問題。ごはんとかどうしよう。冷蔵庫の中にはろくな食材がなかった。とにかく、今のこと、これからのことに怯《おび》えてしまうようなメンタルだった。一日のほとんどをベッドの上で過ごした。やっぱりシズヤくんの動画を観ても気分が上がらない。とにかくポジティブにならなきゃいけないから、「この動画を観ただけで運気が上昇します」みたいなのをたくさん観た。出演してる人たちは、歴史がどうの、宇宙と日本の関係が、アメリカの大統領と卑弥呼《ひみこ》と日本の首相が実はどうのこうのと言っていて、なんのことかよくわからなかったけど、話し方はやさしいし、動画越しでも私に向けてちゃんと伝えようっていうのがわかる。「これを観ているあなたは大丈夫」とたくさん言ってくれた。

そういうのばっかりがおすすめされてくるようになったタイミングで、冷蔵庫の中身が尽きかける。あんまり食欲がないから、一日なにも食べずに過ごしてみた。そろそろやばいかなと思ったらネットスーパーでレトルト食品を買った。でも、大丈夫大丈夫。食欲自体ぜんぜん湧かなくなったから、大丈夫。

シズヤくんの芸能事務所が三年ぶりにフェスを開催する。ホールを貸し切っての二日間のフェスで所属タレントが大集合するのだけれど、二日目の午前は有望株の若手たちによるファンとの〝お話会〟だ。抽選に当選したごく少数の人間だけが一分間お話ができる。フェスの開催とお話会があることは半年も前に告知されていて、私はファンクラブの有料会員だったから応募を済ませていた。その当落結果が届いた。当選！　当選！　当選だよ。体の具合なんかを気にしている場合ではなかった。ごはんを食べる気にならないし、掃除洗濯、お風呂に入ることも無理。でもがんばれる。シズヤくんが私を待っている。フェスは二週間後。オタク仲間ともひさしぶりに会う。気合いを入れないと。

北鷗町から電車で一時間の場所にある八千人収容のホール。目当てのお話会は異様な雰囲気だった。アイドルグループ「甘すぎなくてクセになる」を卒業した沢柳《さわやぎ》かえちゃんがお話ブースにいたからだ。かえちゃんの電撃卒業の余波は続いていて、お話ブースには当選者しか入ることができないのに周りに人だかり。かえちゃんのファンたちがもじもじしていた。私が、かえちゃんの安全を考えると出演を取り消した方がよかったんじゃないかなあ、なんて杞憂《きゆう》を発揮していると、入口の方から筋骨隆々の男女グループがやってきて、同じようにブースを窺い始める。「やっぱ当選してないと厳しいかあ」小声で言ってる。こういうところにくる客層には思えなかった。そう思うのは私だけではないのか、たむろしているかえちゃんファンたちはひるんでいる様子だった。

前の人が泣きながらシズヤくんのブースから出てきて、うわ相当ファンサービスがいいんだなってドキドキしながらスタッフさんに促されてブースへ入った。シズヤくんのイメージカラーであるエメラルドグリーンのクロスが敷かれたちょこんとした机の向こうに、シズヤくんが座っている。

「し、ししし、」

光でも摑《つか》むように手を伸ばした。

「いてっ」

指先が透明なアクリル板にぶつかった。エメラルドグリーンのカーテンの向こうに姿を透かしながら構えるスタッフさんと警備員さんが立ち上がった。

「わはは！」

「笑ってる！」

シズヤくんが笑ってる！

スタッフさんが咳払いをして、「あまり時間もありませんので」

「あ。ああ。あの……『さおっぺ』です。いつもファンレター送らせてもらってて」

「ああ！」

シズヤくんは満面の笑み。

シズヤくんの顔はあまりに左右対称で、寸分のズレもなく横から半分に折り畳めてしまいそう。いいなあ。そんなにきれいで。まぶしいなあ。いいなあ。

「さおっぺさん、こうしてお会いできてうれしいです」

いいなあ。いいなあ。え？　私、名前呼んでもらった？

涙が流れてきて、その瞬間に頭の中でカキーンと音を立てて火山でも噴火したみたいに体が熱くなる。あっついあっつい言葉が塊になって喉から出てくる。

私はまず、「ありがとう」と言っている。それから、どうしてこんなことを？

「こういうのってさ、どうせ他の人全員に同じようなこと言ってるんだよね。うれしい。余計なこと言わずに、炎上から遠くにいてくれてるだけでありがたいです。このまま事務所に逆らわずに、売れるルートに乗ってくださいね」

シズヤくんはますます笑顔。スタッフさんはカーテン越しでもわかるくらいパッとスライドでも切り替えたみたいに土気色の顔になった。シズヤくんは、シズヤくん自身をキスの対象にするかのように両方のほっぺをぎゅっと押さえた。そうやって、表情が他のなにかに移り変わるのを押さえつけていた。あれ？　と思った時にはもう遅い。

「あんたさ、そんなこと言いにきたわけ？」

「シズヤ！」

スタッフさんの迫力のある声にシズヤくんは驚いて肩を震わせた。次の瞬間にはスタッフさんとふたりしてじゃれ合ってるみたいに「やだなあ」と言って笑っていた。私にではない。スタッフさんもにこにこ。つられて警備員さんも微笑んでいる。一分はもう、おしまいだった。

アカネちゃんとのお話を終えたオタク仲間のなるはやさんが、いかにアカネちゃんの顔面がすばらしいか手足が細いか声が美しいかを早口で語った。私は、「シズヤくんもすごかったよ」と言うので精一杯。中でなにがあったか伝えれば軽蔑されるし、私だけじゃなくてシズヤくんのことも馬鹿にされる気がした。

このあと子どもの塾で面談があるというなるはやさんと別れ、散々な気持ちで帰路につく。

乗り換え駅で私はフリーズした。ホームのはじっこにあのおばあちゃんがいたのだ。どうしてこんなところに、という疑問が浮かんだが、そんなことは大事ではなかった。あの、と私は話しかける。

おばあちゃんはホームに黒くこびりついた染みを見つめるばかりで、私に気がついているかどうかもわからなかった。目線を合わせるためにしゃがみ込もうか、それって失礼かもと思ったけど、ややもや考えている場合でもない。私はなにかに板挟みになって中途半端に腰を曲げながら、

「あの時はすみませんでした」

これ、伝わるか？

「かもめジムで受付してたんです。あの時。嫌な態度でしたよね。すみません」

おばあちゃんは首をカクカクさせていた。聞いてるかどうかもわからない。

「よかったら、またきてください」

おばあちゃんの手を握ると、ひんやりと乾燥していた。こんなに細くて脆《もろ》くて、弱い弱い体つき。腰が曲がって体にガタがきてないはずがない。つらいでしょ。体のつ

らさは心に響いているに違いない。私があの時立てたちょっとした物音や大きな声は、脆い心を殴ってしまったに決まっていた。もちろん私にそんな意図はないよ。でも、おばあちゃんがそう受け取らざるを得ない状態だったなら、それはしんどかったよね。今の私にはわかるよ。おばあちゃん、私も弱くなった。ちょっとしたことで息切れしやすくなったし、首から耳の後ろの方にかけてずっと火照《ほて》っているみたいで立ちくらみまで増えた。更年期みたいになっちゃった。年齢以上に、体だけ歳を取ってしまったみたい。まず体力がなくなってしまうのが老いということなんじゃないかな。うん。心だって弱くなったよ。私たちは弱い。私たちは仲間なんだ。

「かもめジムに、きてくださいね」

おばあちゃんは、ええ、ええ、そうですか、と頷《うなず》いたあと、いきなりバッと顔を上げた。初めてまともに見る顔は皺だらけで、ほうれい線の皺が深くて目尻がくしゃっとしていたから私は、おばあちゃんがたくさん笑ってきたりしてたんならよかったな、とじんときた。

手を振って、乗り換えの電車に駆け込んだ。

家に帰ると、日本のいろんなコンテンツを無料で観られる海外のサイトでいろいろな〝おばあちゃんモノ〟を観漁《みあさ》った。映画、漫画、小説。そこにはさまざまなおばあちゃんが溢れていた。

夫に先立たれて早数年、後は死を待つだけだと余生を諦めていたけど最近引っ越してきたお隣さんとの騒音トラブルで家を出ることになり、その勢いでひとり旅を始めて道中いろんな人と出会って人生のよろこびを再確認するおばあちゃん。老人ばかりで暮らす素朴な村が新空港建設のために丸ごと取り壊されようとしていて、それを防ぐためにみんなで法律や人を惹《ひ》きつける話し方などを勉強するおばあちゃん。突如襲来したゾンビの群れにおばあちゃんの知恵袋的知識で立ち向かうおばあちゃん。突如襲来したゾンビの群れにハリウッド映画ばりの機銃掃射で立ち向かうおばあちゃん。女子高生に転生して年の功の知識で無双するおばあちゃん。ひょんなことから即売会に参戦してオタクコンテンツに目覚めるおばあちゃん。縁側に佇《たたず》むだけのおばあちゃん。やさしいおばあちゃん。やさしくないおばあちゃん。どのおばあちゃんも彼女なりに生き生きしていた。でも、腰がものすごく曲がってしまったけどジムに挑戦しようとするおばあちゃんはどこにもいなかった。だから、私があのおばあちゃんを生き生きさせてあげなきゃいけない。

アルバイトに復帰して、その思いは一層強くなった。

また雨の平日だった。お客さんは全然きていなくて、私は受付に座ってぼーっとしていた。このところ眠れなかったり、逆に眠り過ぎてしまう日が続いていた。全く眠れないよりはそりゃいいだろうけど、疲れていた。どうしてしまったんだろう。不安ではある。体調的なこともだし、これからどういうキャラでいればいいんだろうとか。

エレベーターが開いた。

男性の利用客だった。受付の読み取り機で会員証のバーコードをスキャンする。この人はプロテイン飲み放題プランに加入しているみたいだった。プロテインサーバーは各フロアにある。ここでシェイカーボトルに補充していきたいのか、かばんの中をごそごそと探っていた。しばらくその動作を続けていたから、ボトルを忘れてきてしまったのだと思う。受付で販売もしているので声をかけようかタイミングを見計らっていると、またエレベーターが開いた。一瞬姿が見えなかった。視線を落とすとあのおばあちゃんがいた。私は目の前のお客さんを放っておばあちゃんを迎えにいった。

「こんにちは」

「あの……」おばあちゃんが言った。「喉かわいてんけど」

私は、そんなサービスなんてないのにバックヤードでインスタントのお茶を淹《い》れ、受付のテーブルに置いた。

「きてくださったんですね」

「あれ売り物？」

おばあちゃんはディスプレイされているジムウェアをあごでさした。

「そうですねあの、今日はご入会で？」

「あれ持ってきてくれる」

「えーっと？」

「セールの値札ついてるやつあるやん」

私はラックにかかっていたスポーツブランドの黒いショートパンツを持ってくる。

おばあちゃんは、その乾いた脆い指先で生地に触れ、チッと舌打ちをした。

「お茶が熱い。つめたい水がほしいなあ」

私は言われた通りに水を紙コップに入れて持ってきて、ジムの入会案内パンフレットを広げた。おばあちゃんは勇気を出してここにきてくれたんだから、私も熱意をもって応えないと。

「運動せなあかんような気もするし、運動するのがまずい気もする」

なるほど。無理に勧めたくはない。世間話をしようと思った。とにかく、おばあちゃんに苦ではない時間を過ごしてほしかった。

「いい天気ですね」

「雨やけど」

「今日はどうやってこちらに？」

「そんなん知ってどうするん。ああでも、電車のあのカード。あれ作りたいねんけど」

「ICカードのことですか？　ここでは、作れないですね」

「そんなことわかってるわ」

「ええ？」

私は、手元のパソコンで拡大印刷したGoogleマップにペンで駅までの道のりを一生懸命書き込んだ。

「ここにいけば作れますよ」

「そうですか。そうなのね。ああそうはいはい。見にくい地図」

それからおばあちゃんは、ソファはないのかと言ったり、この階はテレビをつけた方がいいんじゃないかとか言い出す。「会員料金高いなあ。タダにならんの」と。

私は、さっきから喉まで出かかっていた言葉をついに放出する。

「あの、ほんとにおばあちゃんですか？」

「は？」

「弱くて、私の仲間でいてくれてるおばあちゃんですか？」

「なに？」

「私が知ってるおばあちゃんって、こんなに嫌な人じゃなかったです」

「あんた、頭大丈夫？」

「こんな人だとは思ってなかった」

「私の勝手じゃない」

「なんで。仲間だと思ってたのに。ふてぶてしい感じ似合わないって。もっと、おばあちゃんらしくいて。もっと弱々しくいてほしい」

　この、と叫んだかと思うとおばあちゃんは身を乗り出した。私の胸ぐらを摑もうとしたみたいに思えたけど、ジムの制服のポロシャツの襟になんとか指先が触れただけ。

「ガキィ」

「はあ？」

「これだから若いのは」

　ガキ、ガキ、とおばあちゃんは小さい子どもになって繰り返し、紙コップの水を飲み干した。私になにか言おうとするけど、身を捩《よじ》って椅子を引き、冷水機の方へとゆっくり歩いていく。私はため息を吐くと先回りして新しい紙コップに水を入れ、テーブルに勢いよく置いた。

「あの、なんなんですか？」

「……橋本《はしもと》」

「橋本さん。ひやかしですか？　だったら帰ってくださいよ」

「嫌や。あんた、いつここにいるの？」

「はい？」

　と、お疲れ様でーすと裏口の方から高木くんの声がした。

その途端に橋本さんはしゅんと縮こまったようになる。なんだ？　人見知り？

「またくる」

と言って橋本さんは帰っていった。

実はこの間も男性客はまだかばんをごそごそと探っていた。

私とおばあちゃんのみっともないやりとりをぜんぶ見られていた。

私は急いで取り繕って、にこにこと近づく。

「お探しのもの見つかりましたか？」

「え？　ああ。ええ。あ、いや、忘れてきちゃったのかなあ」

「よかったら受付でもボトル販売してますけど……ああそうだ」これでなんとかなりますかね、とバックヤードにいき、高木くんに表情だけで挨拶をしたあと、紙コップを持ってきて男性客に渡した。

受け取った彼は「僕、おばあちゃんこで」と言った。

「なんて言うかな、正確には、実家の近所に住んでるおばあちゃんによくしてもらってたんですよね。でも最近、会えてなくって、次のお盆は顔を見せに帰省しようって思ってたんですよ。でもほら、感染症とか、まだまだ怖いでしょ？」

「あぁー。そうですよね」

どういう返事が正解だろう。

「ずっと畑仕事してて、心配になるくらい腰が曲がってたんですよね。さっきの、あの人、またきますかね」

どうでしょう、と苦笑いした。


橋本さんは次の私のシフトの日にもジムにやってきた。一体、どうして？

「またきた」

現れた橋本さんの姿を見て、私はちょっとうんざりした。

「どうせジムの会員になったりなんかしませんよね」

「だらだらしにきたよ」

「ここって憩いの場とかじゃないんですけど」

でも仕方ないから椅子を引き、橋本さんの体を支えて座らせてあげる。

その日の橋本さんは、バスの中でおばあちゃん扱いされてむかついた、という話題を何十分も繰り返した。「まだ若いのに」なんて言って。確かにそのメンタルは老いてないのかもしれないけど、この前私が若いことを馬鹿にしたばかりなのにな。私は「はいはい」と適当に相槌《あいづち》を打っていたが、そうするとさらに機嫌が悪くなり、しかも橋本さんは、人に話すことで怒りが増幅するタイプだった。その細っこい手で、テーブルの角に水のなくなった紙コップの底を何度も打ちつけた。

その次に橋本さんがやってきた日は、自分は年寄りなのにバスの中で労《いたわ》られなくてむかついた、という話題だった。「誰も席をゆずってくれなかった」

「この前と言ってること真逆じゃないですか」

「うるさいなっ」

橋本さんの愚痴につきあってあげる日もあれば、ただ橋本さんが嫌なだけの日もあった。受付フロアの観葉植物の葉っぱを触り、「埃がついてる」とにやにやするのだ。背中が痛い背中が痛いとわめいたり、ジムウェアを鏡の前で合わせてみてはひとつひとつに文句を言ったり。なんなんだこの人、という気持ちはいつも新鮮で、橋本さんがやってくる日は時間が早く過ぎた。

そのうちに私も橋本さんに愚痴を漏らすようになった。

「どうしても結婚したいとかじゃないけど、やっぱり今後の人生のこととか生活費を考えると結婚しなきゃいけないって思って、昔みたいに、ちょっといいなって思った人ととりあえずつきあうとかできない。ちょっとつきあう、がしたいとかではないんだけど、なんか、リスクばっかり考えてさびしいような。うーん。もったいないような」

ふーん、とにやついたあと、橋本さんは私の話なんかなかったみたいに、もう亡くなった夫さんとの馴《な》れ初《そ》めを自慢するみたいに話し始めた。橋本さんはアドバイスなんかくれないのだ。

「向こうの一目惚れで、毎日毎日私じゃなくて私のお父さんのところにきて娘さんをくださいっていうの。それでふたりで意気投合して、いつの間にか私その人と結婚することになっちゃってた」

え。それ、自分で決めたんじゃないんでしょ。私は、でもこういうことをお年寄りに言ってもなあ、と思いつつも聞いてみる。

「橋本さんはそれでよかった？」

「いいもなにも、おじいさんはかっこよかったから」

うれしそうなら、まあいいのか？

私たちは、旅行好きの高木くんがスタッフ宛てにお土産としてバックヤードに置いていったパイナップルケーキや、利用客の人がくれたらしい黒糖バナナチップなんかをもそもそとたべながら話していた。

「このパイナップルケーキ、マズいね」

「マズいならたべなきゃいいでしょ。まったく。橋本さんさあ、なにしにきてるんですか。ここ以外で橋本さんを構ってくれる場所とかないんですか？」

「昔はあった」

「今はないんだ。わかった。橋本さんいくところいくところで嫌われてきたんでしょ」

橋本さんはあみ編みのカゴに入れていた小分けのパイナップルケーキを勢いよく摑んで、包装紙を破こうとするけど、うまくいかなくて舌打ちをする。

「あー嘘。ごめんごめん。ごめんなさい」

「孫ともう会うなって。電話もするなって。私はうるさいからって。ばあさんは『アクエイキョウ』だからって」

「私は孫の代わり？」

「孫にこんなに口が悪いわけないでしょ」

「うわ。めっちゃむかつく」

橋本さんはキキキと笑った。

その意地の悪い笑顔を見ていると、橋本さんの居場所はここにしかないんじゃないかという気がした。嫌になる。私もそうなんじゃないかと思った。ここでこうやって橋本さんや他のおばあさんおじいさんたちと接していると、時々、時間の厚みというか寂しさというか、生きることそのものを相手にしているみたいな気分になる。私も歳を取って、そんな風にできるだろうか。私はちょっと途方に暮れながら、

「そういうの最高かも」

と橋本さんの笑顔に言った。

＊

ところで、私と橋本さんのやりとりを、あの男性客が会話に加わるでもなく眺めていることがよくあった。怪訝に思って私は彼に「あの、なにか」と聞いた。すると彼は、「覚えておられませんか?」と言った。

「は？」

「ああ、やっぱり、覚えてはないですよね。いえ、いいんです。あの、ちょっと聞きたいことがあって」

彼はカウンター越しに身を乗り出して、私に顔を近づける。

「うーん？」

しばらくその顔を見て、試しにトレーニングウェアを頭の中でジャケットとジーンズに着替えさせて、髪をワックスで固めさせてみて、私はようやくピンときた。Sさんだった。どうしてここに、と私が言うより早く、彼はこう言った。

「あの、このジムが潰れるって、本当ですか？」

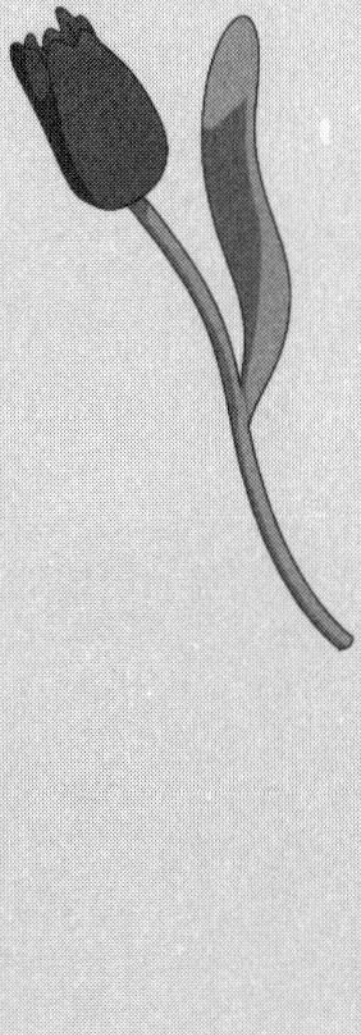

第三話

寂しさで満たされて

顔になにか、温かいものがあたった。

いつの間にか夕方になっていた。壁一面の窓から西日がさしていた。

フロアいっぱいにオレンジ色の光が満ちていた。トレーニングや世間話に勤しむお年寄りたちの後ろ姿が、急におごそかになったような気がする。

僕はマシンから手を離し、ひとりでに足が動き出したみたいに、いつの間にか窓際に立っている。

窓から駅のホームが見えた。その向こうに霊園があった。沈んでいく太陽は線香花火みたいにまぶしく、ぷるぷる震えている。急に泣きたくなった。

父は一九五三年の生まれだった。僕が生まれたのは父が二七歳で、母が二四歳の時だから、記憶にある父の姿は、彼が三十歳を過ぎてからのものばかりだった。昔の人はたいてい、実際の年齢よりも大人びている。だから、たとえば父が三十歳だった時の精神的な成熟度は、今現在四四歳である僕と同じようなものだったのかもしれない。

四十代半ばになって僕は、あまり好きでもなかった父にシンパシーを覚えるようになった。この年齢特有の、社会的にも体力的にも停滞しているような、なにかがよくない、とまでは言えなくとも、これから物事が好転していく兆しが見えない、いつもぼんやりと自分を覆うこのちょっとした憂鬱さがそうさせるのかもしれないし、単に僕は、もういない父の面影を感じ続けているだけなのかもしれない。

父はいつも気難しい表情をしていた。誰かに苛立っているとか、なにか問題を抱えているという感じではなかった。父本人の中にそういったものがあるというよりも、まるで、そういったものに絶えず囲まれている、とでもいうような様子だった。寡黙で、ある世代以上の父親という存在の多くが苦手にしているように、心の弱い部分を外に吐き出そうとはしなかった。そもそも、弱い自分を吐き出すだとか、自分の中に弱いものがあるだとか、そういったことをうまく思い描けなかったのかもしれない。喉の中に沈黙を溜《た》め込んでおくことで、本当の自分自身の言葉、とでも言うべきものを守ろうとしていたのかもしれない。

それとも父は、単に自分の言葉というものを持っていなかっただけなのだろうか。

僕の思い出の中には、およそ長いフレーズを口にする父は存在しなかった。家の中では母だけが賑《にぎ》やかで、夕飯時には、ほとんど独り言を言うみたいにその日あった出来事を喋り続けていた。僕は母に、「草太、あんたはどう?」だとか、「学校はどうだった?」なんて聞かれた時にだけ返事をするのみで、それ以外の時間は、母の話を受け流すように耳に入れながら、父の表情ばかりを見ていた。父の行動を気にしていたとか、ましてや、怖がっていた、なんていうのではない。僕もまた寡黙な方だった。きっと、父のことを真似ていたのだと思う。息子の僕にもよくわからない彼という人間のことを理解しようと、子どもながらに努めていたのかもしれない。

父は僕に、自分自身のことを語ろうとはしなかった。父がどうやら貿易関係の仕事についているらしい、ということを僕は、母のとりとめのないお喋りから察しただけだった。今にして思えば、僕は僕で、素直に聞いてみればそれでよかったのだ。お父さんはなんの仕事をしているの？　お父さんはなにが好きで、なにが嫌いなの？　そんなことさえも僕は知らなかった。親に質問をする、という発想が頭の中になかったのだ。きっと僕の両親は、子どもを育てるということに徹底的に不向きな人たちだったのではないだろうか。僕がなにも聞かないものだから、子どもは考え方やものの見方を誰かから教わることで身につけていく、というそんな簡単な事実に、僕が一八歳で親元を離れるまで——離れてからも——思い至らなかったのではないだろうか。

今で言う、ネグレクトというほどのものではきっとない。ただ母と父は、自分たちにどこか似ている他人に対して、どう接したらいいのかずっとわからなかったままなのかもしれない。

　母が亡くなったのは、僕が三十歳で、母が五四歳の時のことだった。海難事故だった。その日母は、高校時代の同級生たちと旅行で和歌山の白浜を訪れていた。同級生のひとりが旅慣れていて行程をリストアップしてくれていた。そのメンバーで旅をしたことは何度もあったから、比較的ゆるやかで、二泊三日のリラックスした旅だった。ホテルは砂浜の近くにあった。その日母は、朝早くからひとりでビーチに出ていた。同級生のひとりが犬を連れてきていた。午前十時ごろに起き出してきたその同級生が、やたらと剽軽《ひょうきん》な名前のチワワを連れて砂浜を散歩している時に、母の姿を見かけていた。母は波打ち際にしゃがみ込んで、日傘を差しながら砂のお城を作っていた。

「なにしているのー」と同級生が遠くから聞くと、母は首だけで振り返って、作りかけのお城を指差した。お城は濡《ぬ》れていた。今にも波にさらわれて崩れてしまいそうだった。実際、何度も崩れたのではないだろうか。どうしてそんなところで、と同級生は思ったそうだ。けれど、それ以上に不思議に思えたのは、母の表情が不思議と幼く見えたことだった。高校時代というよりも、もっと幼く見えたらしい。

　そのあとに起きたことについては、悲しい事故だったとしか言いようがない。同級生はチワワと共に走り疲れ、ホテルに戻ろうと砂浜をあとにした。道路沿いを歩きながら、ふと母の方に目を遣《や》ると、砂のお城があったところに母の姿はなく、海面から飛び出ている両手と、人の頭らしきものと、その少し先に逆さになって海に浮かぶ日傘が目に入った。日傘が風で飛んでいったようだった。母は、それを追いかけて溺れたのだ。その日傘が父からのプレゼントだったりしたら、母の死について語る術《すべ》が他にあったのかもしれない。けれどそれは、なんでもない、百貨店で買った二千円足らずのものだった。

母が死んで、父はますます寡黙になった。父に寄り添ってあげるべきだったが、僕にはどうしても父にかける言葉を見つけることができなかった。そんな想像はしたくはないが、もしパートナーを亡くしたのが友人や恋人だったら、僕にだってなにか言えたはずだ。けれども、父相手には、なにも言うことができなかった。父にどんな言葉を発しても、そこにはどんな類いの軽さや重みさえなく、言葉として成り立たない気がした。

二〇一〇年代前半の当時、僕は東京に住んでいたが、月に一度ほどのペースで静岡の実家に帰った。

実家の近所には、当時八十近いおばあさんが住んでいた。そのおばあさんは僕のことをまるで自分の孫かなにかのように気にかけてくれていて、顔を合わせる度に決まって、「親は大切にしなさいね」と言っていた。そう、言い続けていた。僕が子どもの頃からだから、二十年以上はそう言い続けていたことになる。子どもの頃の僕は、その言葉に特になんとも思ってはいなかったが、三十歳近くになってようやく、母が亡くなってようやく、身に染み入るように感じた。おばあさんにとっての二十年はどうだったのだろう、と時々考える。僕の二十年とはきっと、なにもかも、もしかしたら、時間の流れそのものが違っているのかもしれない。母が亡くなった時には、おばあさんは認知症を患っていた。

帰省したタイミングで、おばあさんと顔を合わせる機会があった。僕は母が亡くなったことを説明したが、おばあさんは、うまく理解していないようだった。相変わらず、「親は大切にしなさいね」と、腰が曲がり過ぎてほとんど地面を見つめながらそう言うだけだった。それならそれでいいのかもしれない、と僕は思った。おばあさんの中で母が死んでいないということは、僕にはほんの少し、なにかの慰めみたいに思えた。

「あのおばあさんいるでしょ」と僕は父に話した。「おばあさんの中では、母さん、まだ生きてる気がする」

父は、なにか考え込むようにじっと黙って、「ああ」とだけ言った。それからまた数十秒黙り、こう続けた。

「あのばあさん、俺にもずっと言ってくるんだよ。『親は大切にしなさいね』って」

俺はできたかな、と父はつぶやいた。それから、手元の文庫本に視線を戻した。

父は仕事から帰ってくるとたいてい、コンセントから抜かれて電源の切られたテレビの前のソファに座り、母の持ち物である文庫本の小説を黙々と読んでいた。僕はソファではなく絨毯《じゅうたん》の上であぐらをかき、駅の書店で買ったベストセラーの小説を読んだ。なんでもいいから、言葉で僕の中を埋めたかった。

いつか親が死ぬかもしれないということは考えたことはあったが、死の前には当然のように介護だったり、他の面倒なあれこれがあるはずだった。そのプロセスをすっ飛ばして母に死が訪れたことを、僕はどう考えていいかわからなかった。わからないなりに僕は、僕の生活を続けていくしかなかった。

父は、還暦になる前に早期退職した。五九歳の時だった。それからどうしてか、都内にワンルームの狭いマンションを借りて、ひとり暮らしを始めた。実家に誰もいないのは寂しい気がしたが、僕はこれは、父にとってはよい変化なのだろうと考えた。

父の新しい住まいは、北鷗町という寂れた町にあった。僕は父から拙《つたな》いメールでその住所を教えられた時に、インターネット検索で町のことを調べた。出てくる画像のどれも曇り空のものばかりだった。街並みには下町の風情といかがわしさのようなものが同居していて、そのことで僕は、どこか世間から外れた余白のような街なのかもしれないと考えた。父はその町で、一二年間暮らした。

父は年に二、三度は静岡の家に帰った。僕はタイミングを合わせて帰省し、近所のおばあさんに挨拶をし、父とはやはりそれぞれで黙々と文庫本を読んだ。北鷗町の父の家へはいかなかった。実家にいくよりもそこに足を運ぶ方が随分と近かったが、僕はいかなかった。そこは父だけの空間なのだ、と思っていた。父が「父」でも「夫」でもない状態でいることができる場所なのではないか、と。

母が亡くなってから一四年が経った。僕はその間に、仕事を変え、三人の女性と男女の仲になりそうになったが、結局は誰ともつきあうことは敵《かな》わず、週に一度ファミレスで贅沢をするという、独り身のささやかな生活を送っている。マッチングアプリを試してみたりもしたのだけれど、誰とも続きはしなかった。結婚願望はあるのだがそれは、ないわけではない、という程度で、僕が四十代半ばで、相手の人たちも同年代かいくらか歳下であるということを考えると、僕には徹底的に焦りが足りないのだろう。

一度、ジムで働いているという、あまり口がよくない女性とマッチングしてお茶をすることになった時に、こう言われたことがある。

「あなたといると、ちょっと変な感じ。あんまり、人と対面している実感がないっていうか。どこかずっと、心ここにあらず、みたいな感じですよね」

少し挑発的にそう言われて、僕は妙に納得してしまった。

僕はまだ、子どもの頃のあの食卓にいて父の横顔を見続けている。母が死んだ直後の混乱の中に居続けている。彼女の目に映る僕は時々、父のように、まるでなにかに耐えているような気難しい顔をしているのだろう。

「そうかもしれません」と僕は言った。それから、「そういうことを言われてありがたいです」とお礼を言うと、彼女はわけがわからない、といった表情をした。喫茶店で飲み物を飲み終わると、すぐに解散することになった。彼女とはそれ以上関係は続かないのだろう。僕はそう思いながらも、誰かが僕に的確な言葉を向けてくれたことが思いのほかうれしかった。

お茶をした場所は、父が住む北鷗町まで電車で四駅のところにあった。どうして僕がそうしようとしたのか、うまく説明はできない。ただふと、今日それをしなければいけないような気がした。僕はくだりの電車に乗り、北鷗町駅で下りた。画像で見たのと同じように、曇り空が広がっていた。駅前の通りを抜け、交番前のバス停からバスに乗り、三つ先の停留所で下車した。向かいの歩道から伸びる坂道を登り、小さな神社の隣にある三階建ての小綺麗なマンションに入った。オートロックに部屋番号を入力し、呼び出しボタンを押したが、父は出なかった。

出かけているのかもしれないと僕は思い、まあ仕方がないかと父に連絡もせずにマンションをあとにしようとしていると、宅配業者がきて、オートロックで住人を呼びつけ、自動ドアを開けてもらっていた。その宅配業者の青年のあとについて、さも住人かのように自動ドアをくぐり抜け、エレベーターに乗り込んだ。僕はもうこの時点で嫌な予感がしていたのだと思う。だからわざわざ、父が呼び出しに出なかったとわかりながら、そんなことをしたのだ。

父の部屋の鍵は開いていた。父はベッドで眠っていた。仰向けになって、そうなることを知っていたみたいに微笑んでいた。七一歳だった。ワンルームのその部屋のカーテンは開かれていた。部屋そのものが光源となったかと思うほど、煌々《こうこう》とした西日が入り込んできて、部屋をどぎついオレンジ色で浸していた。まるで父は僕がくることを予感していて、この光景と自らの死を僕に同時に見せて印象づけようとしているみたいだった。救急車はすぐにきてくれた。救急隊員の人が蘇生《そせい》法を試している間もカーテンは開いたままだった。長い影が伸び、床をまたいで、壁の表面で激しく動いていた。

父は脳卒中で亡くなった。すでに母の死を経験していたからか、ショックよりも、家族が僕ひとりだけになってしまった寂しさの方が大きかった。血筋という意味で僕がこの世になにも残していないということが、ひどく心細いことのように感じられた。だからといって、養子を取ろうとか、今すぐ婚活しようとか、そんなことは考えられなかった。けれど父がいなくなったことで、それまで僕の中にうっすらとしたものとしてあった、ひとりではいたくない、という望みがより濃く、はっきりし出したのは事実だった。

僕はひとりなんだ。そう思うと、どっと疲れた。その疲労感は、今後何年にも渡って僕につきまとってくるものに違いなかった。僕は家族を持った方がいいのかもしれない、と、その疲れをなんとかするためだけに思うことができた。

葬儀が終わって少し経つと、僕は何日かに分けて北鷗町の父の部屋を整理した。どの日も夕方を選んだ。西日は変わらずにやってきた。そのまぶしさは、寂しさとして僕を包んだ。僕は寂しさで満たされることで、なんとか喪に服しているような気持ちになることができた。

殺風景な部屋だった。小さな冷蔵庫と、電子レンジがあって、調理器具はあるにはあるがどれもきれいで使われた形跡はないから、ほとんど外食で済ませていたようだ。特筆すべき点があるとすれば、クローゼットの内側の壁に一枚のポスターが貼ってあったことだ。沢柳かえという歳若いアイドルのポスターだった。ステージ上で踊っているところを撮影したものらしい。彼女は「L」の字を左に傾けたような恰好で、両足を折り曲げながら飛び跳ねている。丁寧にセットされた前髪が汗で額にはりついていた。

僕の記憶の中に、アイドルを追いかける父の姿はなかった。そのポスターがリビングの壁ではなく、クローゼットの中に貼られている分だけ、父は切実に彼女を応援していたのではないかと思えた。

他にも、印象的なものがあった。プラスチック製の棚の下から二番目の段に、膨大な量の名刺が詰め込まれていた。二重に巻いた輪ゴムで留められた束が五十個ほどもあった。父がこれまで出会って、名刺を受け取った全ての人の分と言ってもいいような数だった。わざわざ実家から持ってきたのだと思うと、僕は父のことをなにも知らないのだと改めて思わされた。名刺の束を留める輪ゴムはどれも新しかった。もしかしたら父は、自分の身になにか起こると思って、改めて名刺を眺めたのだろうか。出会ってきた人たちに想《おも》いを馳《は》せたのだろうか。

名刺が詰め込まれた棚の一角には、財布に入り切らないカードやいろいろな会員証の類《たぐい》をまとめた束もあった。僕はそれを手に取り、ひとつずつ確かめた。クリーニング店の会員証。歯医者や病院の診察券。そういうものに交じって、ジムの会員証があった。「かもめジム」というところのものだった。

検索してみると、かもめジムは駅のすぐ近くにあり、毎月二十日に月額料金が引き落とされるようだった。その日は一九日だった。遺品整理に一段落がつくと、僕はかもめジムへと向かった。

「あの、すいません」と僕は言った。「退会がしたくて。本人ではないのですが」

僕はここの会員だった父が亡くなったことを受付のスタッフに伝えた。このような応対を前にもしたことがあるのか、スタッフの男性は落ち着いた様子で、なにか関係を証明できるものを、と言った。僕はこれで大丈夫かと思いつつ、死亡届をスマホのカメラに撮ったものと、僕自身の身分証を提示した。スタッフはそれらを確認すると、「ではこちらで完了致しましたので」と事務的な口調で言った。冷たいというよりも、なんの感情も表さないようにと努力しているような声だった。

「あの」と僕は言った。「今から入会して、すぐ利用することってできますかね」

彼は一瞬、僕がなにを言ったのかわからないといった様子だった。一拍遅れて彼は、「え、ええ」と言った。「ウェアやシューズはレンタルしていただけますので」信じられないというように、口調が弱まっていった。僕は僕で、自分がどうしてそんなことを言ったのか摑みかねていた。父のことを、知りたいとでも思ったのかもしれない。

スタッフが渡してくれた入会用紙に記入していると、聞き覚えのある声がした。僕が顔を上げると、スタッフ用の控室のドアが開いて、彼女が、サオリさんが姿を現した。そうか、と僕は思う。ジムで働いていると言っていたけれど、ここだったのか。僕たちは一瞬目が合ったが、サオリさんは僕が誰だかわかっていない様子だった。僕は僕で、知り合いに話しかけるだけの気力がその時はなかった。僕の風貌は、彼女と喫茶店で会った時とは少々違っていた。上下スウェットだし、葬儀から何日も髭を剃っていなかった。もしかしたら、においもしていたかもしれない。最後に風呂に入ったのがいつか思い出せない。僕は、とても疲れていた。

ちょうどいいやと思い、僕はジムのロッカーと直通の大浴場でシャワーを浴びた。大浴場にいるのも、ロッカーにいるのもお年寄りばかりだった。どこか非日常的な空間に迷い込んでしまったように感じたが、国の人口の三十パーセントほどが高齢者なのだから。そんなに不思議なことでもないのかもしれない。

レンタルしたウェアに着替え、トレーニングルームへ向かった。広い空間の一面が窓になっていて、線路やその向こうの霊園を見渡すことができた。

ジムにくるのは初めてだった。とりあえず僕は、見た目から用途がわかるチェストプレスマシンというトレーニング機器に腰掛けた。重りを上から二番目にし、左右のバーを摑んでぐっと胸の前まで寄せた。二の腕の中になにか疲労感の種子のようなものがあって、重さと痛みによってそれがブルブルと震えているように感じた。重りのちょうどいい塩梅《あんばい》を探りながら、十回、二十回とチェストプレスマシンで腕と胸筋を鍛えた。バーを引いて寄せての反復動作は僕を安心させた。こうしていると、なにも考えずに済むような気がした。なにも考えないでいいし、どんな感情にも支配されずに済む。ただ肉体に負荷をかけて動かしているというそれだけで、僕は、自分自身の生というものを感じられる気がした。

僕の周りでは、おじいさんおばあさんが話をしながら盛り上がっていた。健康のことや、子どもや孫のこと、死のこと、恋愛事情らしきこと。BGMのボン・ジョヴィの曲に負けないほど彼ら彼女らは騒がしく、それはそのまま、生きるためのエネルギーのように感じられた。ここに父が通っていたのなら、悪くない日常を送っていたんじゃないか、とさえ思えた。もちろん、幽霊会員だったという可能性も大いにあるけれど。

僕はかもめジムに通うことにした。北鷗町の父の家は引き払わずに、僕が借りることにした。ジムにいった帰りは、父のその家に泊まって、そこから会社に通った。通勤中や仕事中に不意に悲しみに襲われると、僕は頭の中にチェストプレスマシンを思い描いた。バーを寄せては引くあの規則正しいリズムと、腕の芯で種子が弾《はじ》けるようなあの負荷を想像すると、心が凪《な》いでいった。ジムでお年寄りたちに囲まれていると、母と父がもしまだ生きていたら、と考えることがよくあった。最初のうちその想像は僕に虚《むな》しさのようなものをもたらしたが、だんだんと、そう考えることで僕は、母と父と心のどこかで繋がれているように思うことができた。

かもめジムに通いはじめて三か月が経った頃、僕はサオリさんに話しかけてみた。

「覚えてませんか？」と僕は言った。

それまで何度か顔を合わせる機会はあったが、やはりサオリさんは僕が誰だかわかっていないようだった。それでも思いきって話しかけてみたのは、マッチングアプリを介してサオリさんと会った日のことを何度も思い出してしまうからだった。たった一回話しただけだから、好きとまで言ってしまうのはおこがましいのかもしれない。それでも気になっている。確かに気になっているんだということを、何度も思い出すことによって実感した。サオリさんの、どこか自分に自信のあるようなあの感じ。ひとりの人間としてしっかりと立っているようなあの雰囲気は、僕にはないものだと思った。

こういう人とどこかに出かけたり、いっしょに暮らしたりするのってとても新鮮で楽しいんじゃないか、と僕は、ひとりの時間に考えたりしてしまう。もしサオリさんが僕を好きになってくれたら、僕の生活ってがらりと変わってしまうんじゃないか。そう、期待してしまうような魅力が彼女にはあるのだった。

サオリさんに話しかけたのには、もうひとつ理由があった。

ある噂を聞いたのだ。トレーニングフロアでのお年寄りたちのいつもの世間話に交じって、かもめジムが潰れるのではないかという話がこそこそと飛び交っていた。

会員料金が値上がりし続けているということ。そもそも感染症が流行った時期に休会・退会が相次いで、その分をどうやっても取り戻せないのではないか、と。

僕はこのジムに愛着が湧き始めていたところだっただけに、「あの、このジムが潰れるって、本当ですか?」と聞いたあとの、「えっ、そうなんですか?」というサオリさんの言葉に安心した。

サオリさんは僕が誰なのか気づいたようで、ここにいることに驚いていた。

「言うタイミングがわからなくて」と僕は、それが本心だっただけに、サオリさんを怖がらせないようにと、「あの、決して、サオリさん目当てでここにきたとか、そういうのではなくて」と言った。僕の心配は的外れだったみたいだ。サオリさんは僕が現れたことよりも、「ここがなくなったら橋本さんは」と、よく話をしているおばあさんのことを気にかけていた。


通いはじめて半年ほどの時に、僕はあるひとりのおじいさんに話しかけられた。

「あの、よかったら、使い方教えてくれませんか」と。

彼は僕に、チェストプレスマシンの使い方を教えてほしいみたいだった。どうして僕に？　と思ったが、僕は彼にマシンの使い方を教えることにした。痩せた腕だった。何度かジムでおじいさんの姿を見かけたことがあったから、健康に気を遣ってはいるのだろうが、それと同じくらいの速さで体力が衰えていくのかもしれない。父と同年代の彼からは、高齢の人独特の皮膚のにおいがした。それは僕に、風邪をひいた時のにおいを思い起こさせた。小さい頃、僕が風邪をひくと、父はよくカステラを買ってきてくれた。

西原さんというそのおじいさんは、父とは似ても似つかなかった。

西原さんは父と違い、表情が豊かだった。まるで少年みたいにころころと表情を変えた。緊張した様子で僕に話しかけてきたかと思うと、僕の隣でチェストプレスマシンを一セットこなしたあとに、「できた！」と満面の笑みを見せた。

西原さんはどういうわけか、僕のことを気に入ったみたいだ。僕が週に一度ジムにいく日は、いっしょにトレーニングするようになった。もちろん、ペースは僕と西原さんとで違うけれど、隣同士で。一セットをこなすごとに休憩し、僕らはいろいろな話をした。健康のこと。仕事のこと。これからのこと、これまでのこと。家族のこと。

西原さんは妻に先立たれたという話をしてくれた。そのお返しみたいに僕は、父のことを話した。それから、その何年も前に母も亡くなってしまったということを。

「そうかー。それは、大変だったなあ」と西原さんは言った。

職場の同僚たちのように、過度にこちらを慮《おもんぱか》るような口調ではなかった。

西原さんはただ、そういうことが起きてしまったのだな、と当たり前に受け止めていた。その反応は、僕を少し楽にしてくれた。

僕には週に一度、ファミレスで好きなだけ飲み食いするという趣味があった。自分へのちょっとしたご褒美、というやつだ。西原さんをファミレスに誘ってみると、快くオーケーしてもらえた。僕らは安いワインをしこたま飲んだ。父が亡くなって以来人前で酔うのははじめてのことで、気がつくと僕は西原さんに「孤独なんです」と言っていた。しかしそれは、母と父がもういないということとは関係のない、全く僕自身のわがままだった。僕はずっと、母と父が亡くなったということに囚《とら》われていた。その枷《かせ》をその時は外すことができた。僕は、今の生活が退屈なんですと西原さんに言った。孤独なのだと。そしてそれは、どこまでも僕由来のものだった。そんな僕を西原さんは、「自分で自分を孤独にするなよ」と叱ってくれた。うれしかった。両親と関係のない、ただ僕個人のわがままな悩みを話すことでようやく僕は、ただの四四歳の僕として振る舞えている気がした。そして西原さんが放った言葉も、はっきりと僕だけを向いた言葉だった。そこには、僕の母の死も父の死もまとわりついていない。西原さんは僕になにも気を遣わずに、僕を叱ってくれたのだ。僕はきっと、ゆっくりと喪失から回復していた。いつの間にか心の奥底に、もっとサオリさんと話がしてみたい、という気持ちが芽生えていた。

その日僕は、駅前の通りの老夫婦が経営する生花店で花束を買って、勤務中のサオリさんに渡した。僕は完全に舞い上がっていた。恋心のようなものを抱えながら女性と接するのなんて、何年振りだろうか。花束を渡した瞬間僕は、ひょっとしてとてつもなく痛いことをしてしまったのではないか？　と冷や汗をかいた。けれどサオリさんは、「ええ？　ありがとう、ございます」と、とりあえずは笑ってくれた。

西原さんがジムに姿を見せなくなったのは、その少しあとからだった。

僕は、隣に西原さんがいないチェストプレスマシンでいつものように体に負荷をかけた。重りが上下して立てる音を聞きながら、時々、西原さんは今頃どうしているのだろうかと考えた。僕の想像はどうしてか、具体的な西原さんの暮らしというよりは、ジムにこないことで衰えていく西原さんの筋肉に及んだ。加齢によって、若かりし頃よりも日々衰えやすくなっていく肉体のことを考えた。人が歳を取るということを想った。ジムにくるもこないも自由には違いないのだけれど、僕は、もしかしたら西原さんが通う曜日を変えたのかもしれないと思い、毎日のようにかもめジムに顔を出した。その分だけ、サオリさんと顔を合わす機会も増えた。サオリさんは、どうやら僕には脈がない。僕自身そのことに不思議なほど落ち込みはしなかった。たぶん僕は、なんでもいいから、サオリさんと言葉を交わすことができるだけで満足なのだと思う。

ジムで一度、妙な光景を目にした。トレーニングフロアの奥の方にはウェイトのコーナーがあって、本格的に体を鍛えたい〝ガチ勢〟の人たちがよくそこを利用していた。僕は体格を変えたいというわけではなかったので、そのあたりには縁がなかった。ウェイトのコーナーに足を運んだり、目を遣ることさえほとんどなかったが、その日はそうもいかなかった。

若い女性客が、もっと若い、ジムのスタッフの柏さんに向かってなにか大きな声で熱弁していたからだ。

「誤解です！　誤解なんです！」

と彼女は繰り返し柏さんに語っていた。なにか言い争いというよりは、嘆願しているといったような雰囲気だったから、声量のわりには雰囲気はピリピリとしたものではなかった。一体なんの話だろうと僕は考えたが、それ以上に気になることがあった。「誤解だから。説明させてください」と言っている女性客の姿が、ある人物にそっくりだった。

父がポスターを貼っていた沢柳かえと瓜《うり》二《ふた》つだった。

まさか、と僕は思った。

いくらなんでもそんな偶然はありはしない。出来過ぎだ。

だいいち、沢柳かえは芸能人だ。こんな場末のジムに通うわけがない。

僕はそう思った。平常心が大事だ、とイヤホンをはめて、余計な情報を遮断した。

しかし、その日以降も、沢柳かえのそっくりさんはジムに姿を見せるようになった。僕が彼女の存在を認識するようになった、と言った方がいいかもしれない。彼女はウェイトばかりしていた。うなり声を上げ、重たいおもりを持ち上げ、鬼気迫る勢いでトレーニングを繰り返していた。その必死な表情を見ていると、彼女が誰かはわからないが、僕もがんばらなければ、と思わされた。

僕はトレーニングを繰り返した。変わらずチェストプレスマシンで、上体ばかりを鍛えた。そうしていると、頭が静かになっていって、だんだんと、父のことさえも考えないようになっていった。

その代わりに、今どうしているのだろうという心配の中で、西原さんと父の姿が重なることがあった。ある時、こんな風に想像がもつれてしまった――父が北鴎町で暮らしていたあの家で、西原さんが「く」の字になって横たわっているのだ。

僕と西原さんは対面以外のコミュニケーションを取らない方だったが、流石にそう思い描いてしまった時僕は、マシンを動かす手を止めて、西原さんに、「何日もお顔を見てないですけど大丈夫ですか」とチャットを送った。そのあとすぐ、電話をかけてみた。

一三回目のコール音で、「……もしもし」と西原さんが応答した。随分としわがれた声だった。とにかく僕は、西原さんが生きていたことにホッとした。七五歳というのは、そういう心配をするには、一般的にはまだ若い歳かもしれないけれど。

「どこか具合悪かったりします？」

「悪いよ」

と西原さんは言った。今度は不思議と、子どものような声に聞こえた。

話を聞くに西原さんは、風呂場で転倒してしまったようだった。骨などに異常はないものの、そこから体調を崩してしまって、どうにも体も動かしづらい気がして、ジムに足が向かなかったのだと言う。

「ご自宅ってどのあたりでしたっけ。今、僕ジムにいるんで、このあとうかがいますよ」

「ああそう、悪いねえ」

西原さんは僕の提案を素直に受け入れてくれた。きっと、冗談を言ったり軽口を叩いたりする元気すらないのだ。

電話を切ると僕は着替えてかもめジムをあとにし、ドラッグストアで冷凍食品とレトルト食品と栄養剤を買い込み、西原さんが暮らす公営団地へと向かった。

ドアを開けてくれた西原さんは、「ありがとねえ。ありがとねえ」と何度も僕にお礼を言った。気力がなくなり老け込んでいるように僕には思えた。夜だったが、その日は寝てばかりでまだなにも食べていないという西原さんに冷凍のドリアを出し、そのあと僕が簡単に部屋の掃除をしている間に、西原さんは毛玉だらけの毛布にくるまって寝てしまった。小さな部屋だった。それこそ、この町の父の部屋と同じくらい。

僕は、横たわる西原さんの髪をそっと撫でた。白髪ばかりで、量は少ないが一本一本が動物の毛のように硬かった。何度かその動作を繰り返した。僕のこの行動が、どういう気持ちの表れなのか、自分でうまく捉えきれなかった。僕は、父とこんな風な親密さで接してみたかったのだろうか。

西原さんの声がした。彼は目を閉じたまま、

「好きなんだよねえ」

と、つぶやいた。

第四話

恋なんて、この世にあっていいものなのか？

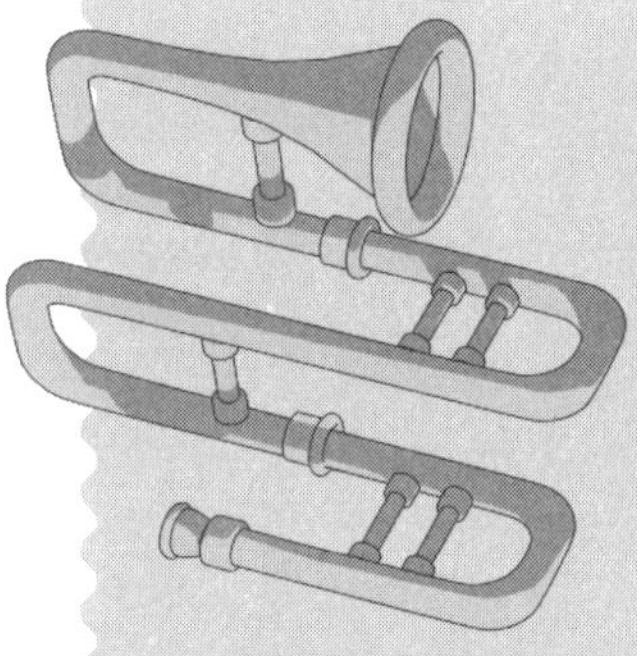

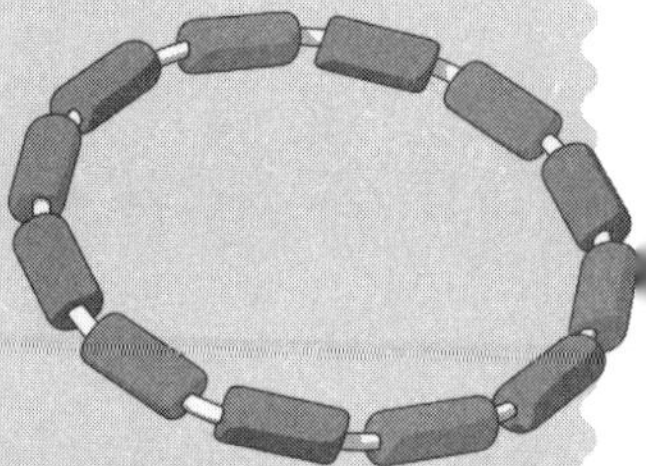

春は土のにおいがする。それから草のにおい。スニーカーの下で、小さな虫が春を求めてもぞもぞ蠢《うごめ》いているところなんかを想像する。このあたりに桜の木は見当たらないのに、河原のベンチの上に花びらがたまって、薄ピンク色の頼りない座布団を作っている。川の流れはけっこうあるのかもしれないけれど、大きな橋の上をトラックがものすごい速さで行き交うせいか音は聞こえない。あのエメラルド色の橋は大きすぎて、近いのか遠いのかわからない。トラックが本物とミニチュアの間みたいに見えて、あんまり現実感がない。行き交うすべてのトラックに人が乗って、なにか荷物を積んで、届ける誰かがいるっていう、その当たり前のことを想像すると、ちょっと途方に暮れる。車が橋をゆく、ざー、という音が波みたいにやってくる。橋の上から見たら、俺はどれくらいちっぽけなんだろう。野球やってた時の、重心と体幹の意識ですっと立つ。トロンボーンも俺の体の一部なんだと思って、音を、俺の意識ごとぶあああっと飛ばすような気持ちで吹く。肺活量はあるんだ。誰よりも強い音は出せるけど、まだまだ全然へたっぴだ。きれいじゃない音色。あすみさんの演奏には遠く及ばない。それでも、あすみさんと同じ楽器をやっているっていうだけで、そんなに話したことなくても、心の端のほんの一部分があすみさんと繫がれてるような気がする。

いや、ちょっとキモいか。繋がれてるっていうか、なんだろうな、もっとピュアなもの、吹奏楽をする仲間のひとりというか、音楽を通じて、うん、それくらい抽象的な、ぼんやりとでもいいから、あすみさんが俺のこの姿を見て、親しみをちょっとでも覚えてくれれば、俺は、うれしい。

お慕い申しております、っていう、かなり昔の言い方があるだろ。俺のあすみさんへの気持ちは、そういうものなんだと思う。「好きだ！」っていう気持ちはもちろんある。でも、もっとこう、静かにぐつぐつと、芯から熱くなっていて、全身がもう好きのかたまりで、「！」なんかなくても、「好き」に突き動かされてる。だから俺は今、トロンボーンを吹いてるんだ。この思いを、遠くへ遠くへと届けようとしてる。

はじまりは二年前。俺が高校一年の時。自慢じゃないけど俺は野球がうまかった。一年の時からレフトでレギュラーだった。土のにおい。土埃になって、鼻や口いっぱいに広がる粉っぽいにおい。汗。熱。うなる白球。西東京大会の一回戦、うちの高校の生徒会と吹部が応援にきてくれていた。というか、学校行事として応援に駆り出されていた。残念ながら、チームは強くなかった。だから、絶対に出場できる一回戦で、応援を聴かせてあげたいし、吹部に応援させてあげたい、ということなんだろう。がらがらのスタンドで、うちの制服を着た一群が、少し恥ずかしそうに固まっていた。あすみさんは、当時三年生だった。俺が打席に立った瞬間、吹部が『宇宙戦艦ヤマト』の曲を演奏しはじめる、その最初のシ♭の音が鳴る直前、俺の目はどういうわけか相手ピッチャーが投げる球より、光より、なにより早く、スタンドでトロンボーンを構えるあすみさんに吸い寄せられた。目が合った気がした。あすみさんが笑った。俺はもう、なにも知らない。ランナーのこともボールカウントのことも、この試合で引退になってしまうかもしれない先輩のことも、なにもかも意識からなくなってしまって、頭の中はあすみさんでいっぱいだった。そして俺は彼女をじーっと見つめて三球三振——ではなく、スタンドを見ながらホームランだった。体がひとりでにバットを振っていた。打球はまぬけな軌道を描いて、ファウルポールぎりぎりにインした。俺はあすみさんを見たまま、呆《ほう》けたような小走りで、何度かつまずきながらダイヤモンドを一周した。九回裏。サヨナラだった。ホームベースを踏むと審判が高らかにゲームセットを宣言し、俺はベンチから飛び出してきた先輩たちに囲まれてもみくちゃにされる。顧問からも肩を叩かれる。この勢いで次の試合も頼むぞ？　いや俺、野球、やめます。気がつくとそう言っていた。一回戦に勝っただけだというのに泣き叫ぶ先輩たちは、なにがなんだかわかっていない様子だったけど、次の日も俺がそう言うと、ふざけてんのかと詰められた。どうしてだろう。俺だって、あんなに努力してがんばってきたはずなのにな。俺はもう、あすみさんしか見えてなかった。

やめます、と何度も言った。

でも、やめなかった。

だって、申し訳なかった。

好きになった人が吹部だから野球部をやめて吹部に入りたいだなんて、あまりに虫がよすぎる。

俺は野球を続けた。

野球部のみんなに義理立てをしなきゃいけないと思った。本当は、あすみさんの近くにいくのが怖かったのかもしれない。そうして一年が経った。高校二年の夏の大会は一回戦負け。吹部がスタンドで応援してくれたけれど、あすみさんの姿はない。

あすみさんは、もうとっくに卒業していた。それでも、恋が身を焦がして仕方がなくて、とにかく体を動かしてないとどうにかなってしまいそうだった。俺はずるずると野球を続けた。

けど、どうして今、トロンボーンを吹いているかというと、それはやっぱりあすみさんのためだった。あすみさんは、大学生になってからも、ちょこちょこ北鷗高校の吹奏楽部に顔を出しているらしかった。そのことを知ったのは、二年の冬。

俺の心と体に、あすみさんっていう光が再びかがやいた。

その光は、どんどん大きくなって、俺の身を内側から破ろうとするみたい。もう、こうなってしまったら誰にも止められない。

将棋で言うと王手。チェスで言うとチェック。野球で言うと、なんだろう。逆転サヨナラ満塁ホームラン？　いや、ちょっと違うか。とにかく俺は、「王手！」みたいな、してやったり、みたいなノリで、退部届を顧問に提出した。練習前だったから、その場には野球部の連中もいた。

王手！　チェック！　逆転サヨナラ満塁ホームラン！　の瞬間の、意気消沈した野球部のみんなの顔。ああ、やっぱりこいつはこうなんだ。道重徳弥って自分のことしか考えてねえのな。自分さえよければそれで……みんなの顔が、そう言っているみたいだった。

いっそのこと、殴ってくれたらよかったのに。みんな、落ち込むばかりで、最低なのは、俺だけで……そんなだから、バチがあたったのかもしれない。

その日の帰り、チャリで転びそうになって、つんのめったら、隣を歩いていたおばあさんまで、別に俺が触れたりとかしたわけでもないし、ちょっと距離あったと思うんだけど転びそうになって、あぶない！　って俺は変な体勢からおばあさんを助けようとして、足の靭帯《じんたい》を痛めてしまった。全治三か月と言われた。安静にしていなさい、と診察室でキャスターチェアを半回転させながら言う、目の下にくまをたたえたヒゲ面の医者の顔。なぜだか強烈に記憶に残る顔で、その「安静にしていなさい」をお守りみたいにして、無理やり、俺のことを後押ししてくれてるんだと思い込むようにして、勢いで野球部をやめた。

後悔がなかったわけじゃない。だって別に、野球が嫌いだったわけじゃない。野球部のやつらは、いっそ無視でもしてくれればいいのに、気まずそうに声をかけてくれる。それが伝播《でんぱ》して、クラス中がなんだか俺によそよそしい。おまえ、なにしてんの？　誰かにそう言われたわけじゃない。でも、みんなの目がそう語っているんだ、って俺は疚《やま》しさからかわかんないけど、思い込むようになって、虚しかった。俺を支えてくれているのは、俺を二本の脚で立たせてくれているのは、あすみさんへのこの気持ちだけ。二年が終わる間際、俺は吹奏楽部に入部した。

でも当然、卒業してるんだから、あすみさんはもういない。俺は、あすみさんの影を探した。あすみさんの痕跡はないかと。あすみさんのトロンボーンの音色がこの音楽室に染み込んでやしないかと、本気で考えた。そんな気持ちの悪い俺に、ティンパニの高見沢《たかみざわ》は「あすみさんなら月一くらいでくるよ」と教えてくれた。どうやら、知らず知らずのうちに俺は、彼女の話を声に出していたらしい。

高見沢純一《じゅんいち》は、いいやつだ。進学クラスの七組にいて、世間に疎いっていうか、同じ学年だけど俺が若干浮いていることとなんか知らず、吹部に入った理由が、あすみさんに近づきたい、つまり下心からなんだって言っても、「ふぅ〜ん」としか言わない。

三年になって少し経った頃。俺が吹部のみんなと打ち解けられるようになって、それでなんの流れか、俺が子どもの頃に子役として出ていた、うどん出汁のCMの曲をみんな俺をからかうように歌うっていう流れが生まれても、高見沢だけは知らん顔。

いつも学ランのボタンをぴっちり上までとめて、運動部でもないのに丸刈りで、丸メガネ。その風貌から「瀧廉太郎《たきれんたろう》」って呼ばれたりすることもある高見沢は、俺になんて興味がないって態度を隠そうともしない。でもそれは、俺にだけじゃなくて、他のおよそすべてに対して高見沢はそんな感じだったから、男子の数が吹部では少ないってことも相まって、ちょっと不思議キャラっていうか、別に嫌われてるとかでは全然なくて、たまに高見沢がおもしろいことを言うと、「高見沢が言ったぞ」みたいな感じで女子からおもしろがられる、そういうなんていうか、妖精？　みたいなポジションのやつだった。

だから俺は高見沢を信頼できた。恋の話をしても、からかったりは絶対しない。そもそも俺に興味がないんだから、なんでも相談することができた。いつも俺ばかり話していたから、他の連中には俺が一方的にかまってほしがってるみたいに見えたかもしれない。

放課後。夕日の差す誰もいない教室。じめじめした校舎裏。外階段の踊り場で、やたらと冷房のきついマクドナルドで、俺は高見沢相手に、何度も何度もあすみさんの話をした。一年の時のあの試合。バッターボックスからの景色。シ♭が鳴る直前の間こえるはずのない音。風が吹き抜けるように俺の目に飛び込んでくるあすみさん。あすみさんの笑顔。トロンボーンの音色。それといっしょにぶあーっと飛んでいく、俺の打った球。ダイヤモンドを走る俺。あすみさんと、目が合った。何度も何度も、同じ話を繰り返し高見沢に語った。その度に、何度でも景色が、あすみさんの笑顔がよみがえる。俺は、あの瞬間にあすみさんのことを好きだと思ったんだ。いったんそう自覚すると、話せば話すほどに「好き」が膨れ上がっていく。

　俺はちょっと、怖いと思った。だって俺は、あすみさんが吹部に教えにきてくれる時も、ろくにあすみさんと話すことさえできてない。「……ちわっす」と挨拶したり、パート練で少し教えてもらうだけ。

「つまり俺は、あすみさんのことをまだなんにも知らないんだ。それなのに、向こうは知るよしもない一方通行で好きになっちゃって、俺の思いだけが、どんどん大きくなっていく。この気持ちを、抑えられなくなってしまったらどうしよう。このまま気持ちを伝えたりなんてとてもできそうにない。だって、俺の気持ちだけがこんなに大きい。それをぶつけるのって、ダメだろ……」

　春の放課後。校舎三階の外階段の踊り場の手すりによりかかっていた。

北鷗高校は五月のはじめに文化祭がある。

準備期間のその日は部活のない日で、俺と高見沢は準備もそこそこに抜け出して、どちらからともなくここに集まっていた。いつものように俺は恋バナばかりしていた。高見沢は、俺の話を聞いているのか聞いていないのか、リリースされたばかりの、農業や林業や水産業を美少女化して育成するっていう、なんでも若者を第一次産業に呼び込むために国の主導で開発されたらしいニッチなソシャゲでガチャを回しまくっていた。水色の空にはスニーカーの足跡みたいな雲が浮かび、その輪郭に光をたくわえている。

ダメだろ……と俺が死んでしまう寸前みたいに息も絶え絶えに言うと、温厚な高見沢が舌打ちをした。おい！　と俺の肩を摑んで、真正面から見つめてくる。

「でもそれが恋だろ！」

高見沢が力強くそう言うから、俺は吹き出してしまった。腹を抱えるようにしてゲラゲラ笑っていると、高見沢は頭にきたのか、「おい！　ちゃんと聞け」と怒鳴る。拍子に、外階段の手すりに手を打ちつけた。金属音が響き、「あ」と俺と高見沢が声を揃えて言った時にはもう遅い。高見沢が右手に持っていたスマホが、半回転しながら落ちていく。その様子がスローモーションになっていく。あぶなああい、という声さえも。

下には、もう使われなくなった焼却炉があった。そのそばに、廃棄予定かなんなのか、傷だらけの学校机と椅子が無造作に積まれている。その前を、ひとりの女子が通りかかっていた。本を片手にぶつぶつと呟《つぶや》きながら歩いていた彼女は、どういうわけか、かごを背負って、過去にタイムスリップしたかのように、「もんぺ」っていう、おばあちゃんとかが穿《は》いてそうな作業着姿だった。そういえば、三年三組が文化祭で戦時中を舞台にした劇をするんだっけ。どういうわけか、スマホが落ちていく一瞬の間に、そんなことさえ考える余裕があった。これって走馬灯？　いやいや、俺は死なない。じゃあ死ぬのは——声にならない悲鳴が、ようやく喉を突き破るようにして転がり出たかと思うと、もう事は済んでいた。

ずさっ。

という鈍い音がした。

かごの中に、画用紙で作られた芋やダイコンなどの野菜があった。それがクッションになったのか、はたまた、台本の読み込みに集中し切っていたのか、その女子は、スマホがかごに落下したことに気づきもせず、ぶつぶつと台詞《せりふ》を呟きながら、俺たちの視界から消えていった。

高見沢とふたり、どれくらいのあいだ、ぽかんとしていただろう。

夕日がぽかぽかと頬にあたった。ぐぅぅぅっと俺は伸びをする。

突然、高見沢が、われに返ったように、

「ヤバいヤバいヤバいヤバい」

謝らなきゃ！　と叫び、無我夢中で走っていった。

俺はまだ、まるで自分があぶない目に遭ったみたいに体に力が入らなくて、少し遅れて「ヤバいヤバいヤバい」の気持ちがやってくる。

俺も、彼女と高見沢を追いかけて走り出した。

まず、三年三組の教室に向かった。

三組には、野球部の連中が三人いた。勢いよくドアを開けた俺を見て、たむろしていたあいつらの顔からスッと笑いが消える。その一瞬あと、非難しているわけではないんだとでもいうようにパッと微笑みが浮かぶ。おまえら、やさしいよな。俺はそう思う。普段から部活ばかりしているせいか、文化祭をどう手伝ったらいいのかわからずに三人でかたまっているところにいって俺は、「かごを背負ってる女子知らないか」と聞いた。俺らの周りではこんこんと金槌《かなづち》が叩かれ、セットの大道具がすごい勢いで製作されていた。

「かごって？」

広中《ひろなか》が言う。まるで俺に負い目でもあるみたいな、おそるおそるという口調だった。三人とも坊主頭だけど、広中だけは普段から日焼け止めを塗る習慣があるから、増沢《ますざわ》と田中《たなか》に比べてかなり色が白い。

「かご背負った女子。ひとりで台詞の練習してたんだけど、知らね？」

「……知らない。あ、浦吉《うらよし》さんかな」

どう？と広中は自信なさそうに増沢と田中に聞く。増沢と田中は、「どうだろ」「さあ」とよそよそしい。もちろん、広中に対してじゃなく、俺に対して。

「あのさ、なんなの？」

と俺は聞いた。

「なんでもねえよ」

「言いたいことあるなら、言ってくれよ」

「……おまえ、楽しい？　今」

「は？　別に、楽しいけど」

「そっか」

「なんだよ。言いたいこと言えって。ほんとはおまえら、勝手に野球やめた俺を責めたいんじゃないの。怒りたいんじゃないの」

「怪我もあったし仕方ないだろうが！」

広中が、俺を庇《かば》うように怒鳴ったから、妙な空気になった。

俺は、なんなんだよ。なんで、こいつらから守られてるみたいになってんだよ。

「やさしくしないでも、俺は大丈夫だよ」

俺はそう呟いたけど、三人とも、自分たちのやさしさに気づいてないみたいだった。

「あの、浦吉さん捜してる？」

気まずさをたっぷり顔に浮かべながら、さっきから舞台セットを作っていた女子が聞いてくれた。小学校からいっしょの、柏夢だった。柏が苗字で夢が名前。

俺は、小学校からいっしょの女子とは大半と縁が切れている。というか、俺が一方的にたくさんの女子のことを拒絶してしまった。だって、あいつら、俺のことを子役ってイう色眼鏡でばかり見てくるからだ。そんな中で、柏夢はどこか違っていた。なんていうか、俺のことを心配？　してるっていうか、気にしてるっていうか。見守ってくれてるのかな、なんて俺は思ったりする。トロンボーンの練習を向こう岸から眺めたり。でも、決してこっち側の岸にはこなかったり。めちゃくちゃ仲がいいとかではないけど、そこそこ話したりはするし、柏夢ってきっと、いいやつなんだと思う。俺になにか言いたいことがあるのかもしれないけど、踏み込みすぎないように気をつけているっていうか。学校の外で柏夢の姿を見かけたら、手を振ったりする。そしたら、けっこううれしそうに笑って手を振り返してくれるから、俺は柏夢に手を振るのが好きだ。柏って呼ぶよりも名前を呼ぶよりも、柏夢って言いやすいからフルネームで呼んでる。柏夢はこう続けた。

「外で練習してくるって言ってたけど」

「さっき、焼却炉前で見たんだけど、今どこか知らない」

「なんで浦吉さん捜してるの？」

「えっと、ちょっといろいろあって」

俺はただ、事のあらましを説明するのが面倒くさくてそう言っただけなんだけど、

柏夢は、

「なんで？」

　ともう一度聞いてくる。

　なんだ？　と俺は思いながら、広中たちにも聞かせる感じで、吹部の友だちのスマホがその浦吉さんの背負ってたかごに落ちちゃって、と言う。すると柏夢は、

「焼却炉前に今いないんなら中庭かも。この前、花壇のところで練習してたの見たし」

　うん？　だったらそれを最初から言ってくれたらよくない？　と俺は思うけど、変に女子に突っかかるやつって思われたくなかったから、「サンキュ」とだけ言って教室をあとにした。

　中庭にいくと、花壇のそばのベンチに高見沢が座っていた。隣には知らない女子。いや、よく見ると、もんぺを脱いで、髪をまとめてジャージ姿になった浦吉さんだった。ふたりして、高見沢のスマホを覗き込みながら談笑している。

「稲作」のSSRがどうとか、「排他的経済水域」のハロウィン限定コスチュームがどうのこうのと、あの第一次産業美少女化ソシャゲの話をしている。どうやら、浦吉

さんも高見沢と同じくらいのヘビーユーザーらしい。「他にクラスでこのゲームをやっている人がいないからこんなに盛り上がるのはじめて！」と意気投合している。

ふたりとも、俺が近くにいることにも気づいていない様子だった。

この様子だと、スマホを落としてしまったこともすでに高見沢は謝ったのだろう。高見沢は俺に気づくと軽く手を上げた。俺は、ベンチに座った方がいいのかこのまま空気を読んで去った方がいいのかと迷いながらも、一応謝っとくか、と高見沢の隣に腰掛けた。俺は、「どうも」と浦吉さんに言う。浦吉さんは、俺に特に話を振ったりもせず、「やっぱりリアルの法令のチェックは欠かせないよね。現実で輸出入が解禁されたり制限がかかったりするとゲームにも影響がある。そういうところがたまらなくおもしろいよね」と熱く語っていた。


それからというもの、高見沢は変わった。相変わらず俺のひとりよがりな恋バナを聞いてくれはするけれど、どこか上の空で、ティンパニにも身が入らない。その代わりのようにして「じきゅじそっ！」にのめり込むようになった。例のソシャゲだ。それにしても、もう少し他のネーミングがあったんじゃないかと疑いたくなるような名前をしている。高見沢は授業中もこそこそと教科書で隠すようにして「じきゅじそっ！」をやり込んでいるらしい。寝る間も惜しんでやっているのか、目の下には濃いくまをこしらえて、吹部の練習中もぼーっとしている。

そんな高見沢は、あきらかに様子がおかしくなっていった。

貧乏ゆすりを止められず、毎日刈っているんじゃないかというくらい整っていた坊主頭を掻きむしって大量のフケをこぼすようになり、いつもピカピカのはずの丸メガネには指紋がべっとりとついたまま。なにかヤバい薬でもやってるんじゃないかと冗談混じりで噂になったほどで、誰も高見沢のことを瀧廉太郎なんて呼ぶことはなくなった。一体なにがあったのか、俺は問い詰めた。話を聞くに、ソシャゲ課金のし過ぎで親にスマホを取り上げられたのだという。いつもだったらそういう時、親は戸棚の常備薬の下のあたりに隠しているのに、今回はどうしたって見つからない。くそくそくそ、しねしねしね、と高見沢は呟いた。しっかりしろよ、と俺は、昔のベタなドラマみたいに高見沢の肩を揺さぶってやらなくちゃいけなかった。でも、あまり効果はなかった。高見沢を救ったのは俺ではなくて、浦吉さんだった。

しねしねしね、から一週間。高見沢は、相変わらずくまはひどいが、不審な言動はなくなって、この間よりはいくらかメンタルが安定したようだ。

「悪かったな」

と自分から俺に謝ってくれさえした。

俺は、いつもの恩返しみたいな調子で、

「なにかあったんなら聞くぞ」

でも、遅かったかもしれない。もう高見沢は回復の兆候を見せはじめているのだし、だいたい、調子を崩す前にちゃんと俺が話を聞いてあげられたら、こんなことにはならなかったんじゃないか。

という俺の心配をよそに、高見沢は、話したくてたまらなかった、とでもいうように早口でこう言った。

「ボクはさ『じきゅじそっ！』をするしかないと思ってた」

「はい？」

「『じきゅじそっ！』がなきゃボクは浦吉さんと」

「……あー」

つまりこういうことだ。高見沢は、自分と浦吉さんの共通の話題は「じきゅじそっ！」しかないと思っていた。だから、「じきゅじそっ！」をやればやるほど、浦吉さんは興味を持ってくれるのだろう、と。

俺は、笑っちゃいけないのかもしれないけど笑った。だってそうだろ？「でもそれが恋だろ」なんて俺にかっこつけて言ったくせに、臆病もいいところだ。俺がくすくすと笑っていると、

「笑うな！」

と怒られた。

「それでどうなったんだよ」

俺は先を促す。

スマホを取り上げられた高見沢は、もう「じきゅじそっ！」ができない、つまり浦吉さんと話す価値がない、と思い込んで、しんどくなってしまったらしい。

そこから回復できたのは、浦吉さんが話しかけてきてくれたからだった。普通に、予備校の話題、季節外れの台風の話題、昨日の音楽番組を見たかとかそういう、なんてことのない話。

自分の価値はソシャゲ仲間ということだけではないのだ、と高見沢は感動した。浦

吉さんに後光が差して見えた、らしい。

俺にそう語った翌週、高見沢は吹部をやめた。

コンクールどうするんだよ、と俺はひきとめようとしたけれど、俺にそんなことをする資格がないのはわかっていた。高見沢は、浦吉さんの所属する落語研究会にいくのだ。これって明らかに、俺のせいだった。俺が恋のために野球部をやめたっていう話をさんざん高見沢に聞かせてきたから、あいつはその選択をしたんだ。

俺は表ではひきとめるふりをしながら、裏では高見沢の机に「がんばれよ」とだけ書いたポストカードを入れたりした。従兄弟《いとこ》が何年か前に買ってきたLas Vegasとでかでかと書かれた意味不明のふざけたポストカードを、おもしろいと思って。

高見沢がそれから浦吉さんとどうなったのか、俺は知らない。

突然、あいつは俺になにも告げないで転校してしまったから。

俺には想像できない事情があるんだろう。だとしても、なにかひと言くらいあってもいいだろ。

いなくなったことで俺は、あいつとの思い出が、そのまま高見沢といっしょにどっかいってしまったみたいに思った。

あすみさんはあすみさんで、大学が忙しいのか、吹部に顔を見せる頻度は減っていった。

まだ梅雨はこないが、その前触れみたいに雨が続いた。せめてトロンボーンだけでも続けようと俺は、雨の合間に河原で吹き続けた。

高見沢への釈然としない気持ちを吹き飛ばすように。まともにあすみさんと話すことさえできない、いくじのない俺を消し去るように。

雨に濡れた雑草が、ズボンと靴下の間をくすぐってくる。水かさの増えた川は砂を巻き込んだ色になって、ぐねぐねとうねり続けている。空は曇りだ。向こうの方に光の柱が見える。それを目掛けるように音を飛ばしていると、ぺったぺったとサンダルの音がした。横目で見ると、ひとりのおじいさんがいた。

色褪《いろあ》せた紺色のキャップを被り、首元がだるだるに伸びた白いタンクトップの上に、灰色と緑色を混ぜたような、工場で着たりするようなジャンパーを着て、黄土色のズボンを穿いている。黒いサンダルで、ぎゅっと濡れた足元を摑むようにガニ股で歩いてくる。心なしか、人相も悪い。唾を吐いたりなんかしている。なんというか、荒くれ者のふりでもしているみたいだった。今にも、「おうおうおうおう」なんて、ガンをつけてきそうな。そんなことを思っていると、おじいさんは実際にそう言ってきた。

「おうおうおう」

けれどその声はとっても小さくて掠れていた。俺は、どういう反応したらいいんだ？　と思って演奏をやめる。

「あの、なんすか？」

「ゆっ、ユメちゃんのことどう思ってるわけ？」

なにか随分と思い切って俺にそう言った、そんな感じの口調だった。

あれ？　と俺は思った。よく見るとそのおじいさんは、俺が練習してる時によく、柏夢といっしょに、対岸からこっちを見ている人だった。

てことは、

「ユメちゃんって、柏夢のこと？」

「そうだよ。どう思ってるわけ！」

妙な感じだ。おじいさんっていうより、同年代の女子に詰められてるみたいな。

「どうって。別になにも」

「なにもってことはないだろ」

「は？　なにが言いたいんすか」

おじいさんは、なにか言いかけてやめる、というのを何度か繰り返したあと、

「とにかく！　ユメちゃんを泣かせたら、黙ってないから！」

そう言って去っていった。

は？　という気持ちだけが残った。

次の日の放課後、俺は柏夢を呼び出した。

「あのおじいさん誰」

校舎二階の廊下だった。窓から四角形の陽が差していて、背の高い植え込みの木々の葉っぱがその四角を引っ掻くように影になっていた。柏夢はなぜだか緊張した様子だった。

「おじいさん？」

「いつも河原で話してる。おまえん家、おじいさんいなかったよな」

「ああ。西原さんのこと？　知り合いだけど」

「知り合いって、どんな知り合い」

「えっ？　ジムの、常連さんだけど。ほら私、ジムでバイトしてるし」

「客とバイトがなんであんなに仲良さそうなの」

そうだ。河原でよくふたりが話し込んでるのを、俺はトロンボーンを吹きながら目にしていた。

「友だちなんだけど。いつも、西原さんが私の恋愛相談聞いてくれるんだ」

友だち？　女子高生とおじいさんが？

それって、あぶなくないか？

とか言うのは、デリカシーがない気がしてやめておいた。

まあ、本人がそう思ってるなら、そうなんだろう。

それよりも気になるのは、

「恋愛相談？　なに？　あのおじいさん占い師かなんか？」

「占い師？　占い師ではないけど……。でもすごいんだよ。西原さんに恋愛相談したら必ず恋が叶うって、都市伝説みたいになってるんだから」

「ふぅーん」

「あのさ、いつもトロンボーンがんばってるじゃん」

「まあ、三年からはじめても意味ねえけど」

「意味ないわけないじゃん。私、いっつも聴いてるし。道重のトロンボーン聴くの楽しみだよ」

俺は、「必ず恋が叶う」ってその部分に夢中で、他の部分は耳に入ってこなかった。

「そうか。サンキュ」

俺は、河原へ走った。

いつもトロンボーンを吹いているのとは反対側の川辺をいったりきたりしていると、西原とかいうあのおじいさんがやってきた。パン屑《くず》でも落としながら歩いてるのか、後ろには大量の鳩がいる。西原さんは、目が悪いんだろう。俺を一瞬、柏夢と見間違えたのかもしれない。それともつい習慣的にそうしてしまったのか、こっちを見て笑顔を見せたかと思うと、真顔になって、

「なんだ、あんたかよ」

と言った。

「恋愛相談のプロなんですか？」

「なに？」

「ちょっと、聞いてほしいことがあって」

俺は、半ば押し切るようなかたちであすみさんのことを話した。一年の時の野球の試合で、スタンド席でトロンボーンを吹いていたあすみさんに目が釘付《くぎづ》けになったこと。吹奏楽部に入ったのは、OGとして教えにきてくれるあすみさんとちょっとでもお近づきになるためだということ。でも、俺はビビりで、まだなんの話もしていないこと。それなのに、気持ちばかりが膨れ上がって、ひとりよがりになっていく。俺って、気持ち悪い。気持ち悪いよ、と繰り返すと、なぜだか西原さんは涙目になった。

「わかる。わかるよ。怖いよな。自分の気持ちが大きすぎて怖くなることってあるよなあ」

そう言うと西原さんは、堪《こら》えきれなくなったのか、ぽとりと涙を落とした。雑草の中に水滴が紛れていく。なんだこのじいさん？　と俺は、ちょっとおもしろく思った。恋愛相談のプロって、もっとなんていうか、ズバズバ言ってくる感じかと思ってた。でも、共感してくれる感じなんだ。ちょっと安心した。西原さんはこう続けた。

「みんな、しあわせになればいいよな。でも、そんなのって、無理だもんな」

みんなって、誰のことだろう。

「でも、今目の前にいるのはあんたなんだ」

西原さんは、よくわからないが意味深なことを言う。

「あんたの話を聞いてやらなくちゃなあ」

まるで、俺じゃない誰かに謝っているようだった。

俺は、まるで高見沢に話す時みたいに、自分の気持ちを洗いざらい西原さんに話した。そうすると、なんだか、あたたかいような気がした。今ここに、高見沢はいないけれど、勝手にどっかいっちゃったけど、高見沢にした話をまたこうやってすることで、あいつとの思い出もよみがえってくるみたいな。そのあたたかさの中で、あすみさんという存在がますます巨大になっていく。

「話してみなよ。なんでもいいから。まずは、会話を続けてみる。好きな人だ！　って意識すると緊張するのはわかるけど、なんでもいいから、話してみないとはじまんないよ？」

それは、そうだ。そんなの当たり前だ。自分でも何度も考えたことだ。そして思ったのは、俺は、「好きな人がいて、でもうまく話すことのできない自分」っていうのを、もしかして楽しんでたんじゃないのか？　そうやって、最初に抱いた「好き」の気持ちを、いっさいの濁りのないものとしてキープしておきたいだけなのかもしれない。「好き」っていう、ピュアなものとして。幻想として。俺が思い描く理想通りのあすみさんとして。その理想を高見沢に話したりする。友だちに、まるで夢を語るみたいに、心の中のあすみさんの話をする、そのことがけっこう楽しかったんじゃないか。でもそろそろ、そのバリアから、俺の自意識から、思春期みたいなものから、飛び出してもいいんじゃないか。

「ありがとう、おじいさん！」

俺は、自分がまるで小さな子どもになったみたいに言った。

「やっぱり、年長者の言葉は違いますね」

今度は、一七歳の今よりも歳を取ったみたいに。

「好き」を中心に、俺自身がぐらぐらと揺れていた。俺は、頭の中にカジノみたいなところのルーレットを思い描く。転がる球が俺で、今は、どこにでも着地できる可能性ばかりがある。その可能性のぜんぶが今の俺なんだ。スピードを失うことは不安だけれど、それでも、いつかは止まってしまう。だから、止まる前に。止まってしまう、その前に。

「い、い、いい天気、ですね！」

日曜日。あすみさんが吹部にきてくれた日。空き教室でのパート練の合間の時間、すごい勢いでLINEかなにかを返しているあすみさんに俺は話しかけた。

「いい天気？」

あすみさんは、とまどったように腕組みをして、窓の外を見る。土砂降りの雨だ。

「違う！　今のなしで！　えーっと。す、す、好きな食べ物はなんですか」

「ええ？　え、道重くんって、たしか昔子役やってたんだよね。なんでそんなに、急にコミュニケーション取れなくなってるの？」

「ちょ、ちょっとその……イメチェンで」

吹部の三年なんかは、あすみさんへの俺の気持ちを知ってるやつもいるから、いつの間にか俺はおもしろがられるように周囲から眺められている。同じクラスのやつが吹き出すように笑い声を漏らすと、あすみさんもつられて笑った。最初は控えめな笑いだったのに、なにがそんなにおかしいのか、しゃがみ込んでお腹《なか》を抱えるほどになった。えっ？　えっ？　と俺は、だんだんあすみさんが心配になって、思ってたより変な人だな、と思った。

そのことは、俺にとってはきっといいことだった。あすみさんを前にしても、だんだんと緊張しないようになっていった。

その日から俺は、あすみさんが顔を出してくれる度に、ちょこちょこと、取るに足らないことを話しかけるようになった。購買に新商品が増えたんすよ、とか、大学生活ってどんな感じですか、とか。その度に、ちょっとおかしな感じになった。決して悪いことではない、と思いたいのだけれど、俺は、「あすみさんの前ではコミュ障になるキャラ」みたいになっちゃって、自分でもちょっとそれを狙ったりもした。そんな俺が急にTikTok撮りましょうよ、とか言うとウケるだろうなあ、なんて思って実際にそうした。

あすみさんは、いつも笑ってくれた。

俺と肩を組んで、

「弟ができたみたい」

と言ってくれた。

俺は、天にも昇る気持ちだったけど、同時に、これでいいんだっけ？　とものすごくもやもやした。だって、弟だぞ？　それって、恋愛対象としてはノーカンだって宣言されたようなもんじゃないか。

「あのこれって、あすみさんから俺への牽制《けんせい》ですかね。おまえは弟なんだから、告《コク》ってくるなよっていう」

俺は、西原さんに相談することにした。

「そこまで考えなくていいんじゃないか？」

西原さんは、俺に気を許してくれたのか、ざっくばらんにそう言った。

今日も柏夢はいなくて、俺たちは河原のベンチに座って、西原さんが持ってきた黒糖バナナチップをつまんだ。あすみさんと撮ったTikTokの動画を見せた。それは、人気のVTuberがクリスマスに投稿したオリジナルソングのダンスを踊ったものだった。俺とあすみさんはふたりして、真顔になって腕をぐねぐね交差させたり、ボックスを踏んだりしている。

「オレもやってみようかあ？」

と西原さんは立ち上がって振りつけを真似した。嫌なことでもあったのか、かなり酒臭かった。

「実際、どう思う？　俺どうするべきだと思う？」

「どうしたいんだ？」

不思議だ。西原さんとは五十歳以上も歳が離れてる。それだけで、「どうしたいんだ」っていうなんの変哲もない言葉にも、重みを感じる瞬間がある。それはつまり年齢の、西原さんが生きてきた経験の重みなんだろうか。でもそれだって、ある種のレッテルかもしれないとは思うんだけど、そんなことより俺は、どうしたいんだ？

つまり、このまま弟ポジションとしてあすみさんと仲良くなっていきたいのか。

それとも、あすみさんにも、俺が思っているような意味で俺のことを好きって思ってほしいのか。

俺は、このままじゃいけないと思った。

でも、迷いだらけだ。

高見沢と西原さんが相談に乗ってくれた、そのことに報いなきゃ、なんて気持ちも少しはあった。それから、一年の夏のあの試合から今まで、あすみさんを思い続けてきた俺自身にケリをつけなきゃ、っていう思い。

ケリをつけなきゃ？

なんだ。俺は最初から、ダメもとだったのかな。

そう思うと、不思議とリラックスできた。

不思議と、自分のことを頭の上から見てるみたいな気持ちで、

「ちょっと、話があるんですけど」

とあすみさんを呼び出した。

夏のコンクールの直前だった。

あすみさんは、いつもと違う、ふざけキャラじゃない俺の雰囲気を察したのか、黙って俺についてきてくれた。屋上へ続く階段の踊り場で俺は、「すっ」と息を吐いた。

するとあすみさんは、

「待って待って待って。言わない方が、よくない？　ほら、コンクールに向けてみんながんばってるじゃん。だからさ、私はもう部員じゃないけどさ、気まずい空気とか、今はいらないんじゃないかな、って、思うんだけど……大丈夫？」

俺は悔しくて、ぼろぼろ泣いていた。あすみさんに、コンクールの心配をさせてしまうなんて。あすみさんの心の中で、俺はその程度のやつなんだって。

あすみさんに肩をさすってもらいながら、

「おっ、お慕い申して、おります」

なんで。なんで俺、こんなこと言っちゃうんだよ。

それだと、もう、

「ありがとうね。じゃあ、練習戻ろうか」

その言葉だけで、俺の恋は終わった。

終わった?

終わったことにする必要があった。

だって、俺の気持ちはあすみさんにとって「ありがとう」でしかない。つまりそれは、そこから先に進むなってことだ。「ありがとう」を受け入れろってことだ。この気持ちを、もうあすみさんにぶつけるなってことだ。練習しろってことだ。俺は、どうしようもなくトロンボーンを吹き続けた。このエネルギーの大きさで、肺が破裂してしまうんじゃないかというほど。そうして臨んだコンクールの予選、俺は高熱を出してしまった。何度も音を外した。それでも、客席のあすみさんを睨《にら》むように吹き続けた。俺は、なにもかも不完全燃焼で、吹部を引退することになった。

終わったのだろうか。

俺は、自分の体に耳を澄ませる。体の奥の方に心があるのだとイメージして、自分の本心を覗き見てみる。するとそこにあるのは、どす黒い、「どうして」といういくつもの思い。どうしてダメだった。どうしてあすみさんは。どうして俺は。どうして出会ってしまった。どうしてもっと早くに出会えなかった。どうして俺は、俺なんだ。身を切るように渦巻くその思いに、慌てて蓋をする。なにも見なかったふりをする。あすみさんなんていなかったふりをする。いや、それは無理だ。無理なんだ。無理だから、どうしよう。

みんな、どうしてるんだ？

みんなはこんな思いを抱えたまま生きていて、何度も何度も恋をしたりしているのか？　だとしたら、ヤバすぎるだろ。恋なんて、この世にあっていいものなのか？

そういえば、高見沢は浦吉さんとどうなったんだろう。そもそも、どうなることもなかったのだろうか。

三年三組の教室の前に立って中を覗くと、まるで高見沢なんて最初からいなかったみたいに浦吉さんは受験勉強に勤しんでいた。

「え。なに？」

俺に気づいた浦吉さんが言う。

「いや別に。いや……」

「だから、なに」

「高見沢から連絡きたりしてる？」

「ううん？」

浦吉さんは参考書に視線を戻した。

「えっ。それだけ？」

「は？」

「なんか、つめたくない？」

「がんばろうって約束したんだよ。今は離れ離れになるけど、お互い、農林水産省の役人としてまた会おうって」

農林水産省の役人としてまた会おう？

なんだそりゃ。

てか、そういう約束をするってことは、やっぱりそれなりの仲だったのか。あいつ、なにも言ってくれなかったな。

俺は、なにかに打ち込まなきゃダメだと思った。でないと、余計なことを考えてしまう。もう、三年の夏なんだ。受験勉強に本腰を入れるべきだったが、俺はかなりの重症で、別に同じところにいくというわけでもないのに、「大学」という言葉だけであすみさんのことを連想してしまう。勉強で追い込まれるような生活をしてはいけない、とバイトをすることにした。

「バイト募集の張り紙がずーっと貼ってあるけど」

と西原さんが言ってくれたから、「かもめジム」にバイトの面接にいくことにした。

秋のことだった。ジムの中は季節なんて関係ないみたいにむんむんと熱気が立ち込めていた。やたらと恰幅《かっぷく》がよくてにこにこしっぱなしのマネージャーが、

「うち、今年いっぱいで潰れるけれども、それでもいい？」

と言った。

つまり、あと三か月かそこらしかバイトできないことになる。

だったら雇う必要あるのか？　と思ったけど、閉館の通知に伴って多くのスタッフがやめてしまったらしい。大丈夫か？　と思ったけど、大丈夫じゃないから潰れるん

だ。

でもまあ俺としては、どっちみち大学に受かったらやめるつもりだったし、第一、その前にガチで勉強がんばらなきゃいけない。短い期間でやめられるのは都合がよかった。

俺はその場で採用になり、受付や清掃、客からの希望があればトレーニングの補助などもしてほしい、と言われた。要は、なんでもやれということだった。制服のサイズあるから、今日から入るかと聞かれた。ここってもしかしてヤバい職場か？ そこはかとない不安を抱えながら、たとえ数千円でもほしかったからその日の二二時まで働くことになった。サオリさんという、やたらと俺のことを若い若いと言ってくるおばちゃんに業務を教わった。若い、っていうのが褒め言葉だとでも思っているんだろうか。それに、柏夢がここでアルバイトしているんだから、若さなんか見慣れているだろうに。

「あれ？」

トレーニングフロアを見て回っていると、知った顔がいた。

子役時代の友だちの沢柳かえだ。かえちゃんは最近「甘すぎなくてクセになる」というアイドルグループを脱退したばかりだった。なんでも、アイドルをやめてボディビル選手を目指しているらしい。

　実は俺はかえちゃんにも、あすみさんのことを話して、相談に乗ってもらっていた。あすみさんとつきあいたかったと、かえちゃんの前で泣いたこともある。

　かえちゃんは俺のことに気づいて、

「よお。え、徳ちゃん、ここで働いてんの？」

　と言った。

「通ってるジムってここだったんだ。ですね？」

「なにその言葉遣い」

「いや、一応スタッフだし……なので」

　すると、向こうから柏夢が歩いてきて、

「え⁉」

　と驚いた。もしかして、俺に驚いてる？

「あ。そうだ。俺、今日からここで働くんだよ」

「そうなの？」

「潰れるまでね」

どこまで周知のことかわからないから、他の人に聞こえないようにそう言う。

「あー。じゃあ、あと三か月かあ」

三か月……と柏夢は繰り返した。

「じゃあ思い出作らないとね」

とかえちゃんが言った。

「思い出？　いや俺、働きにきてるんだけど。てか、ふたりって知り合いだったんだ？」

「ちょっとね」

かえちゃんは意味深に微笑んだ。


意味深なのはかえちゃんだけではなかった。俺の指導係はサオリさんのはずなのに、いつの間にか柏夢が俺の担当になっていた。

柏夢は様子がおかしかった。

雨が降っているのに、

「いい天気だよね！」

と言ったり、

「好きな食べ物なんだっけ」

とどうでもいいことを聞いてきたりした。

そのことを西原さんに言うと、

「なんで気づかないんだ。バカだろ」

と言われた。

なんで俺がバカなのか、意味がわからないうちに三か月が経った。

正月、昼頃に目が覚めると、机の上にハガキが置いてあった。担任からと吹部の顧問からの年賀状の下に、一面にLas Vegasと書かれたダサいポストカードがあった。

がんばれよ
という俺の言葉の下に、
おまえもな
とへたくそな字で書いてあった。

なんなんだよ。
俺は、わけもわからず家を出て、走り出した。
もう、がんばりようがないんだよ。
ふざけんなよ。
くそっ。
おまえ、元気なのかよ。
走るのなんてひさしぶりで、息が苦しかった。
気づけば、俺は駅前にきていた。
あたりを歩くと、昨日閉館したばかりのかもめジムの前に、柏夢が立っていた。
俺の方を見ると、まるで待っていたみたいに頷いた。
「けっこう、好きだったんだよね」
柏夢はそう言った。
かもめジムだった建物からは、早くも看板が撤去されていた。
特に思い入れなんてないけど、つられて俺も寂しくなった。

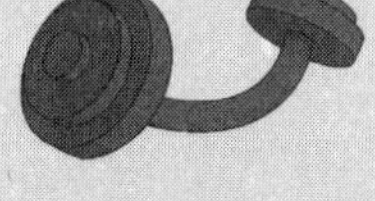

第五話 また明日ね

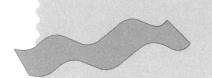

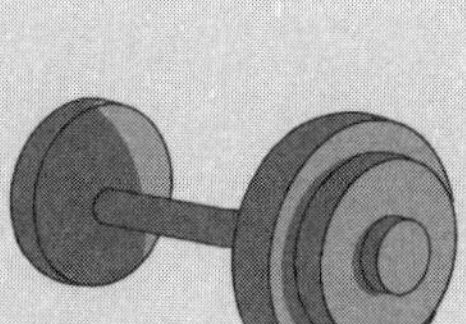

クリスマスは全国的に雪が降った。めったに雪の降らない南の方にもしんしんと降り続いた。異常気象と言っていい事態だったが、クリスマスというだけでなにかお祝いのようなムードが満ちていた。そのあと雪は、東京の一部地域にだけ何日も降り続いた。

寂れた北鷗町は、足首のあたりまで雪に覆われた。滑って転ぶといけないからと、この町の人口の多くを占めるお年寄りのほとんどは出歩かなかった。朝、カーテンを開けると、白色の町には自転車のタイヤの跡と足跡がいくつかついているだけ。それもすぐに雪がやってきて見えなくなった。クリスマスから三が日まで降り続く予定です、と気象予報士のおじさんがテレビで言っていた。

北鷗高校はもう冬休みだった。自習用に図書室は開放されていたから、図書室と市民センターと塾を渡り歩くようにして、受験勉強の最後のひと押しをしていた。これまで解いた過去問を何度も何度も解き直した。出題や解答のパターンを体が覚えてしまうくらいに、繰り返し。もう、学力というよりも、メンタルの問題だ。そう思って、とにかく自信を持たなくちゃと、不安に押しつぶされそうになる自分を励ました。

かもめジムのバイトは、最終日以外はシフトを入れなかった。それでも、今年いっぱいで終わってしまうのだと思うと、名残惜《なごりお》しいというか、もったいないような気がして、最終日がくる前にも、ちょこちょこと顔だけ出した。

高校の近くの、七階建ての大型ジム。

エントランスの自動扉をくぐり抜けるタイミングで、前の車道にタクシーが停《と》まった。なかから、ひとりのおばあさんが出てきて、

「ああ。どうも」

と私に言った。

ジムの利用客の、三井《みつい》さんという女性だった。

私は幽霊会員なの、年に三回利用すればいい方なんです、とこの前三井さんは話してくれたが、かもめジムが閉まると聞いてからは毎日のように通っているのだった。雪の日には、わざわざタクシーまで使って。

「そうだ柏さんこれ。よかったら」

いっしょに受付まで歩きながら、三井さんはモノクロのチラシを渡してくれた。三井さんはかっこいい人だ。亡き夫さんが経営していた小さな本屋さんの倉庫を改装し、三年前から三か月に一回のペースで映画の上映会を企画している。本屋さん自体は、

フリーランスのウェブデザイナーをしているという息子さんが引き継いだらしい。

お店は時々、三井さんも手伝っていた。目当ての参考書がないかと立ち寄ったことがあって、その時に、レジの奥に座っていた三井さんに、「若い子は映画って見るのかしら」と話しかけられたのだった。「映画？　ここ、本屋さんですけど」と私が言うと「それはそうね」と三井さんは愉快そうに笑ったのだった。

三井さんが渡してくれたチラシには、水槽らしきものを見つめるアジア系の男性がうつっていた。

「とっても怖い話だし、とってもいい恋愛ものなの」

それって、どういう感じだろう。私は、受験を最優先にしなきゃですから、いけたらいきます、と曖昧な返事をした。

スタッフは、勤務中以外はいつでも自由にジム利用ができた。勉強に備えてあまり疲れるといけないから、一キロだけ走った。

一二月三一日がきた。オープン時間の午前一一時から、この日はぞろぞろと人がやってきた。鍛えるのが目的というのはもちろんあるが、それよりも、名残を惜しむためにやってきたという人が大半のようだった。

相変わらず雪は降っていた。雪になにか勢いを吸われてしまったかのように、お客さんたちは静かに、黙々とトレーニングをした。一時的に器具の数が足りなくなったほどだ。そうなると、スタッフが指示を出すまでもなく、誰からともなく、いちセットが終わると次の人に交代した。そして待機列に並んだ。その様子はどことなく厳《おごそ》かだった。トレーニング機器に向かって参列しているような、喪に服しているような。

がしゃこ。がしゃこと、重りが上がる音だけが響いた。

マネージャーと館長は一日中、受付の前に立っていて、来館したお客さんみんなに深々と頭を下げていた。ありがとうございました、と言って、お足元が悪く寒い中、と急遽《きゅうきょ》用意した業務用のお汁粉を紙コップに入れて差し出す。トレーニングしにきた人にお汁粉ってどうなの、という意見はもちろん出た。お客さんの中には顔をしかめる人もいたから、午後には、「お汁粉かプロテインかお選びいただけます」というよくわからないことになった。

今日が閉館の日じゃなかったら、サオリさんなんかは、運営側のそういう鈍臭《どんくさ》さが積もりつもって閉館することになったんじゃないんですか、と嫌みのひとつでも言っていたかもしれない。

お客さんの中には、来館時に私たちスタッフに「さびしくなるねえ」と話しかけてくれる常連さんもいた。館長はそういう人たちを捕まえては、わざわざ自宅から持ってきたこのかもめジムがオープンした三八年前の航空写真を見せ、あの頃はよかったと語った。バブルの頃らしかった。

普段は館長はこの場所にくることもなく、誰が常連かもいちいち把握していない。それでも、人を捕まえては同じ語りを繰り返した。ここがなくなるということさえも、もうすでに館長の中ではのちに語るべきエピソードになっているのではないだろうかと、他のスタッフたちの間に通っていたしんみりした空気さえも、夕方にはなんだか胡散臭《うさんくさ》さにあてられたような感じに変わっていった。そのことで、まるで明日もかもめジムがあるような、閉館すると言っておいて、しれっと営業を続けるような、そんな想像が頭をよぎったが、ありえないことだった。

その日は、いつもより早く、一九時に業務が終わることになっていた。

一八時半には、手の空いたスタッフたちはみんな受付に集まって、館長やマネージャーといっしょに、お客さんたちを見送った。

お客さんたちもこの日は、閉館ぎりぎりの時間まで残っている人が多かった。西原さんと三田園さんもそうだった。ふたりでいっしょに、ロッカールームのある五階からエントランスまで下りてきた。意外にも三田園さんは涙ぐんでいて、西原さんはというと、なにかにつけお別れ事というのはその歳になるとよくあることなのか、けろっとした顔をしていた。けれど、

「じゃあね。またね、ユメちゃん」

西原さんにそう言われると、少し胸にくるものがあった。

最後の利用客は、いつも黙々とダンベルを上げ下げしている、桜木《さくらぎ》さんという四十代の男性だった。桜木さんが誰かと話をしているところは見たことがない。この日も、きた時も帰る時も軽く会釈をしただけだった。きっと桜木さんは、また別のジムの会員になって、自分の肉体と向き合って鍛え続けるのだろう。そのことがなんだか、うれしかった。

かもめジムは、体を鍛えるだけじゃなく、北鷗町のお年寄りの人たちの憩いの場でもあった。ぺちゃくちゃとかしましく、子どものことや孫のこと、健康のこと、高齢者間の出会いのこと、言ったら恋愛話なんかがそこかしこでされていた。みんなは、

このジムがなくなったら、どこへいくのだろう。

このビルがこれからどうなるかは、まだ決まっていない。だからする必要のないことだったが、大掃除をすることになった。誰が言い出すでもなくそう決まっていて、誰もそのことに文句は言わなかった。シフトに入っていない、何人かのスタッフもわざわざきてくれた。いつもより力を込めてモップをかけた。

トレーニングマシンはどうなるのかとマネージャーに聞くと、

「なに？　要る？　安くしとくよ」

と冗談で返された。

マネージャーの話によると、譲渡されるものもあり、引き取り手が決まっていないものはリサイクルショップにいくのだそうだ。一部は、北鷗高校に寄付されるらしい。

二一時ごろに、野球部の顧問の齋藤《さいとう》先生がやってきた。表にトラックを停めているという。私の姿を認めると、おお、と手を上げた。ほとんど絡みはないので、私も会釈だけする。それから齋藤先生は、ここでバイトしている元野球部の道重徳弥の姿を探したけど、おとといが最後の出勤だった。

少しすると、ちわっ、ちわっ、と挨拶をしながら、野球部の一、二年生がやってきた。男性スタッフの中には、彼らの伸びしろのある体つきにわくわくしているのか、ウェイトはやってないの？　などとわざわざ話しかけにいく人もいた。スタッフたちが説明書を見ながらマシンを解体し、部品のひとつひとつに番号を振ったシールを貼り付けると、野球部たちが手際よくそれらを運んでいった。マシンが置かれていたところの床は、日焼けしていなくて、白かった。

私は、サオリさんといっしょに、主にヨガ教室などのためのレッスンフロアを掃き掃除した。

「受験どんな感じ？」

最近私はこうだった。会う人会う人に、受験勉強はどうだとか、どこを受けるのだとか尋ねられた。私も、人と話すことと言えば受験にまつわることばかりだった。この時期を乗り越えたら、人となにを話せばいいのだろうかと、ほんの少し、不安になる。

「うーん。まあまあです」

「そう」

どちらかと言うといつもはにぎやかなサオリさんも、今日は、心なしかしんみりとしていた。

「あの、サオリさんって、これからどうするんですか？」

「どうしようかなあ」

どことなく、投げやりな様子だった。

「私、けっこうここで長いこと働いてきたからさあ。次、どうしよう。この歳でまたバイトでしょ？　新しい環境に馴染めるかなあとか、年甲斐《としがい》もなく考えちゃってさ。いや、逆かも。年甲斐もなくっていうか、全然成長してないだけなのかも。趣味も考え方も、それこそ柏ちゃんくらいの頃から全然変わってない」

いつになく弱気みたいだったから、私は、かなり意識して声を張る。

「だいじょうぶですよお！　だって、サオリさんですよ？」

「どういう意味よ」

サオリさんは、わざと睨むような表情を作った。それからふっと、真顔というか、やさしいような顔をして、

「でもやっぱり、さびしいよ。別に、ここに思い出がたくさんあるかっていうと、そんなことはないし、なんだったら嫌な思いもしたけどさ、でも、私がここにいた時間

がなくなってしまうみたいで、さびしいよ」

なんだか、変な感じだった。

かもめジムが終わってしまうこの日は、弱音だったりさびしさを誰かに口にすればするほど、親密さが増していくようなのだ。

「忘れませんよ私、サオリさんのこと」

雰囲気に流されてそう言っただけのような気もした。

でもまあ、いいかと思った。

私の言葉は芝居じみていたのか、サオリさんが吹き出して笑った。

私もそれにつられて笑った。

掃除が終わると、マネージャーが、

「時間がある人は残ってると、ちょっとだけいいものが見られるかも。んー。いいものでもないか。まあ、記念にはなるかも」

と曖昧なことを言った。

言われた通り、エントランスでじっと待っていると、ヘルメットを被った作業着姿の人がやってきた。

建物の七階部分の外壁に設置された、かもめジムの看板をこれから撤去するのだという。

遅くなると家に連絡を入れた。エントランスで国語の過去問をした。一段落がついて外に出ると、サオリさんや何人かはビルの外に立って、首が痛くなるような体勢で撤去作業を見上げていた。

なにかそういうCMというか演劇のようでもあるというか、おもしろい光景だと思って、私も、じっと見上げる集団に加わった。

ジムと関係があるかは知らないが、地元出身の彫刻家がデザインしたという「かもめジム」のフォントはカクカクしながら不思議とやわらかい印象だった。

「あー。なんとなく筋肉っぽいのか」

マネージャーが呟くと、あっけないくらいに、看板の一部がぽこっと外れた。

家に帰ると、年越しのぎりぎりの時間だった。出来合いの、あまり具が入っていないそばを食べていると年が変わって、山梨に住むおばあちゃんに電話であいさつをして、あとはひたすら受験勉強をしようと思っていたら、いつの間にか寝てしまっていた。

目が覚めたのは明け方だった。青い光が部屋をうっすらと明るくしている。窓を開けると、雪のせいもあってか、いつものお正月よりも空気が気持ちよかった。

まだ、ふわふわとした感じだった。

本当に、かもめジムはなくなったのだろうか。

昨日の、親密さと混ざり合った寂しさと、看板の撤去をみんなで見たことの、なにかちょっとしたいけないことでもしているような、イベントみたいな楽しさ。そればかりが胸の中にあって、喪失と言えるほどのものはまだ見当たらなかった。

朝と昼を兼ねて、マーガリンを塗りたくった食パンを三枚もたべた。

「もっとお正月らしいものたべなさいよ」

おかあさんが言ってくる。

「お正月らしいものって？」

「ないから買ってきてよ」

「受験生なんだけど」

五千円を渡されて、もしかしてこれにお年玉も含まれていたら最悪だな、と思いながら、お父さんがアウトドアにハマっていた時に買った寒冷地用のダウンブーツを履いて外に出た。ぶかぶかだったけれど、途中から、汗ばむくらいあたたかくなった。

ずっかずっかと真上から雪を踏み下ろすように歩いていく。お正月なのでスーパーはどこも閉まっている。コンビニも、家の近くのところは改装のために七日まで休むと貼り紙がしてあった。駅前の方までいくと、行き交う人が多いのか、雪は残っていなかった。

ふと、かもめジムの前はどうなっているかな、と思った。それから、もう、あそこはかもめジムではないのだと思い直す。すると、なにか喪失感みたいなものがようやく生まれ始めた。それはでも、どこか微妙にズレている気がした。胸の中に思い描く元かもめジムの建物は、その中は、昨日閉館したばかりだというのにやけに寂れていた。昨日の館長を思い出す。私もあんな風に、もう、思い出にしはじめているんじゃないか。それは、気持ち悪いと言うには大袈裟《おおげさ》で、居心地が悪いと言うのもまだ言い過ぎで、もっと、ほんのささいな違和感だった。よく見知っているなにかを取り違えてしまって、でもそのことに自分しか気づいていないから、人に言っても意味はないけど、誰かに話さなきゃもやもやしてしまうかもしれない、そんな程度の違和感。

コンビニの前を通り過ぎて、足はかもめジムだった建物へ向かった。

単純に、天気がいいからだろうか。澄んだ薄水色の空を背景に見上げたビルは、どことなくすっきりとした佇まいに見えた。当然だけど、施錠されていて入ることはできない。

自動ドアの前には、一二月三一日をもって閉館しました、長らくのご愛顧ありがとうございました、ということを記した紙がラミネート加工されて貼られている。これって、いつまであるものなんだろう。頃合いを見て、マネージャーか誰かが回収にくるのだろうか。そんなことをぼんやり考えながら、でも本当はなにも考えてないみたいにしてしばらく前に立って建物を見上げた。美術館で一枚の絵をぼーっと見つめるとか、花とか、大きな岩をなんの気なしに眺めるとか、そんな感じだったかもしれない。

実際に目の当たりにすると、悲しいということはうまく思えなかった。ただ、潰れてしまって、もう先がないという事実は、受験を控えた今の自分の不安と、ちょっと重なるような気がした。

どれくらい、そのまま立って建物を見続けていただろう。

ない。

「よお」

と声がした。

道重徳弥が隣に立っていた。息を切らしている。どこかから走ってきたのかもしれない。

「看板ももうないのか」

あっけないもんだよなあ、と道重徳弥はぐーっと伸びをした。紺色のダウンジャケットを灰色のスウェットの上に着ていて、伸びをすると毛玉のついたヒートテックみたいな肌着が見えた。

うん、とだけ私が言うと、そのあとは、話すような空気ではなくなった。気まずいというわけではなくて、それこそ、美術館にいる時みたいな。静かにしなきゃいけない、みたいな。いつか別のお店が入ったり、あるいは解体されたりするかもしれないこの建物を、今のうちに目に焼きつけておかなくちゃいけないのだ。

「けっこう、好きだったんだよね」

私は、そう言った。

自分でもよくわからないまま、口からその言葉が出ていた。

あれ。

これって、なにに対しての？

隣に、道重徳弥がいるから？

そう思うと、体が熱い気がした。

そんな私とは反対に、

「さぶっ」

と道重徳弥は身を震わせた。スマホを見て、

「どっかいく？」

と言った。


ファミレスは混んでいた。お正月に営業しているところがここくらいしかないからだろう。元かもめジムだったところから、二十分ほど歩いてやってきた。店の中は家族づればかりだった。暖房がものすごく効いていて、むわむわとした熱風が席までやってきた。

道重徳弥は暖房が喉にあたるのが気になるみたいで、指先で軽く擦《さす》るように喉仏を

触っていた。

「席かえてもらう？」

「いや、いい。混んでるし」

新年会かなんなのか、隣のテーブルの三、四十代の女性の集まりに新しくひとり加わって、彼女たちはわーわーと騒ぎながら、あけましておめでとうー、えー、元気だったー、何年ぶりよ、と言っていた。

「そうだ。あけましておめでとう」

と私は道重徳弥に言った。

「あっ、おめでとう」

「今年もよろしく？」

「ああうん。どこ受けるんだっけ」

「東葉《とうよう》大の経済、が第一」

「おおー」

道重徳弥は国立大のスポーツ学部。どこを受験するかという話は、かもめジムのバイトの時に何度かしたことがあったから知っていた。でも、知らないみたいに一応私

も聞いておいた。すると道重徳弥は、

「いやなんか、ずっとそわそわするんだけど。そんな感覚ない？　一日が長すぎるみたいな。ずっと勉強して、気づいたら五時間経ってて、五時間だけなのに、一日じゃなくてその五時間で三日経った、みたいな。親の話とか妙にリアリティないっていうかさ、自分だけどこか違う星からきたみたいな、ふわふわ、そわそわした感じ」

「あー。言わんとすることはわかる、かも」

「俺、受験けっこう好きかも」

「ええ？」

「なにかひとつのことに集中して向き合ってる時のさ、孤独が煮詰まって逆にあったかいみたいな。わからん？」

「それはわからん」

「東葉受かったらひとり暮らし？」

「まあ、そうなるね。道重くんは？」

「家から通えるっちゃ通えるからなー。最初の一年は通おうかなってことになってる。それで様子見して、って感じ」

「ひとり暮らししたい感じ？」

「したいよ、そりゃ」

「そうかー。じゃあ、来年とか、私が帰省しても道重くんはいないかもなんだね」

「それはね。そうかも」

三種のフライとデラックスハンバーグセットが運ばれてきた。私はドリンクバーだけだったので、なぜだか急いで飲み物を取りにいく。コーヒーマシンがしゅーと音を立ててカフェオレを淹れてくれるのを待ちながら、現実問題そうだよな、と考える。思いを伝えても、離れ離れになるんだもんなあ。

席に戻ると、三種のフライとデラックスハンバーグセットはもう半分ほどなくなっていた。

「早っ。やっぱ野球部じゃん」

「元だよ。てか、野球部とっくにやめたから吹部だよ。それだってもう、引退したから元になるけど」

あすみさんのことを聞こうかどうか、一瞬迷ってやめておくことにした。

道重徳弥が吹奏楽部のＯＧの人を好きで、でもフラれてしまったということを私は、かえちゃんから聞いて知っていた。まだ未練はあるらしくて、道重徳弥は道で見かけた猫の写真をあすみさんに送ったりして気を引こうとしているらしい。

猫で気が引けるわけないじゃん。

かえちゃんからその話を聞いた時、思わず笑ってしまいそうになったし、でも同時に、悲しくなった。実るわけない努力をしている道重徳弥に対しても、道重徳弥になんのアクションも起こさないままでいる自分に対しても。

夏の頃のことだった。

私は、道重徳弥が友人のかえちゃんと歩いているところを目撃して、つきあってる人だ、と勘違いして勝手に失恋したと思い込んでしまった。その誤解は、かえちゃんが説明してくれたおかげで解消された。道重徳弥が急に泣き始めたからかえちゃんが手を握って励ましたのだと。

かえちゃんも、西原さんも私を応援してくれている。でも、時間だけがずるずると過ぎていった。

もしかして私は、今になるのをずっと待っていたのかもしれない。

卒業したら離れ離れになる。だから、気持ちを伝えることができなくても仕方ない。

そうやって理由を、言い訳を求めていたのかもしれない。

だって、怖いんだ。

でも、道重徳弥は、そんなのとっくに乗り越えてあすみさんに思いを伝えたのだ。

私も、やらなきゃ。

「あの！」

身を乗り出すようにそう言ったけど、食い気味に「あのさ」と遮《さえぎ》られた。

「あのさ、このあとのことって、話聞いてる？」

「えっ、うん。七時ごろに家にいけばいいって」

そして私は、

「あっ！」

とわざとらしく言う。

「買い物、忘れてた」

スマホを確認すると、「おーい」とだけお母さんから連絡が入っていた。

ドリンクバーのお金だけ置いて、慌ててファミレスをあとにした。

さっきの、なんだったんだろう。

もしかして、私がなにを言おうとしていたのか、勘づかれた？

考えても仕方のないことだった。

思いを伝える機会を逃したことに、私は安心していた。

「好きだ」と伝えさえしなければ、何度だって会うことができるんだと、都合のいい解釈をした。けれど、そんな想像はすぐに現実に押しつぶされる。何度だって会うことは、もうできないんじゃないかな。再来月には卒業する。そしたら離れ離れになる。そしたら、今後会うチャンスはどれくらいある？　同窓会くらいなんじゃゃない？　そうなったらもう、思い出だ。そんな何年後かの再会ということになってしまえば、今の私たちは、今の私のこの気持ちは、思い出にしかならない。それは懐かしさと寂しさのかたちをしていて、でもそれだけだ。私は、そんな想像をすることで、今の私を潰そうとしていたのだった。それではいけないとわかっている。自分を肯定するためにも、言わなきゃいけないんじゃないか？　でも――でも――と思いあぐねているうちに夜になった。

おかあさんにお茶菓子を持たされて、西原さんのアパートへ向かった。

一九時ぴったりに着くと、狭い玄関にはすでに靴が散らかっていた。

三田園さんとサオリさんの友だちの橋本さんというおばあさんと、かえちゃんと道重徳弥がきていた。

私がお茶菓子を西原さんに渡すと、かえちゃんが、ゲームで敵をうちのめしたみたいに、「ナイス〜」と言った。今日はチートデイだから、カロリーを摂取していいらしかった。

一台のこたつをぎゅうぎゅうになって囲んだ。私はあとからきたから、そばの座布団に座っていようと思ったけど、三田園さんが「ここは受験生優先で」とよくわからないことを言って、こたつに入れてもらった。

道重徳弥は、昼間のファミレスでの空気感をまだまとってるみたいに、どこかよそよそしい気がした。いや、よそよそしいのは私か。それを察してか、私が道重徳弥を好きなことを知っているかえちゃんも西原さんも、余計なことは言わない。床に直《じか》に置かれた小さなテレビで、お正月特番の旅番組を見ながら、あー温泉いいなあ、なんて話している。

あけましておめでとう。

今年もよろしくお願いします。

とあらためてみんなで言うと、すでにできあがっていて赤ら顔の西原さんが、

「かもめジム潰れちゃったし、みんないろいろあるだろうし、オレもいつまで生きてるかわからないけどなあ」

と言った。いきなりネガティブなこと言うんだな、とびっくりした。本人はなにか、とてもいいことを口にしたとでもいうように満足気な顔をしている。

「まあ、たまにはこうしてね。集まりましょうよ」

と三田園さん。ですねですね、とみんな口々に言う。

「私らはそのうちお迎えがくるけどね」と橋本さんが言った。

すごいことを言うんだな、と私は思ったけど、西原さんとふたりで笑っていた。

「オレが死んだらさあ、またこうやって集まってよ。そしたらさあ、ジムで流れてたみたいにボン・ジョヴィなんか葬式でかけちゃってよ」

一瞬間ができて、サオリさんが、

「え。西原さん、どこか悪いの？」

と聞いた。

「いやあ全然？　でもさあ、わからないじゃん」

人生は一期一会《いちごいちえ》だよ、と西原さんは、それが名言かなにかみたいに言った。鍋をしている間、何度も言った。西原さんがトイレに立ったタイミングで三田園さんが、「最近読んだ自己啓発本に書いてあったんですって」と教えてくれた。あー、とみんなでハモるように言った。戻ってきた西原さんは、すっと座り、なにか発表をするように咳払いをしてから「笑うなよ！」と笑いながら言った。そして集まったひとりひとりの顔を見渡しながらこう言うのだった。

「あたたかいねえ。愛だよ。ここにあるのは、うん、愛だ」

西原さんは満足げに頷いた。穏やかな空気と鍋の熱気が、どんどん立ち上っていった。それに比例するみたいに、みんなが酒を飲むペースも上がっていった。特にサオリさんは、酔っ払うと手がつけられなかった。骨がなくなったみたいにぐねぐねとしながら誰彼構わずうざ絡みしたかと思うと、突然に推しへの愛というか複雑な気持ちを語りはじめ、「私は、橋本さんの居場所になれてる？」と涙を流し、「みんなしあわせになれよーっ」と叫んだ。

二時間ほどで帰るつもりだったけれど、日付が変わるくらいまで西原さんの家にいてしまった。道重徳弥も、帰るタイミングを逃しているみたいだった。

「そろそろ帰ろうかな」

と言うと、かえちゃんが、

「徳ちゃん送ってってあげなよ」

と言った。

「あー。じゃあ俺も帰るね」

床に転がっているサオリさんを跨《また》いで、熱気のこもった部屋をあとにした。

雪はやんでいた。車の通行はほとんどなくて、歩行者も他にいない。

ふと前方を見た時に、途方もないなにかに吸い込まれてしまうみたいに、一本道が続いていた。知らないところに迷い込んでしまったようだった。一軒だけぽつんと明かりの点《つ》いているコインランドリーでは、ごうんごうんと唸《うな》るように、いくつかの洗濯機が回っていた。

道重徳弥は、寒い寒いと鼻をすすりながら、ダウンジャケットに鍋のにおいがついていないかしきりに気にしていた。

「静かだね」

と私は言う。

それだけで、私が感じているものがぜんぶ伝わればいいと思って。

自転車の車輪が回る音。積もった雪に靴が沈む音。お互いの息遣い。この時間のことは、たとえ思い出になってしまっても大事にしたいと思った。

「西原さんって、三田園さんとどういう関係？」

白い息を吐きながら道重徳弥が言う。

「三田園さんのこと気にして、じっと視線を注いでるんだよ。なにかあれば隣に座ろうとしてさ。三田園さんも三田園さんで、たまに西原さんを見つめ返したり。あれ、なに？」

「なにってそれは」

そういうことだよ。他人の口から、どこまで人の恋心を語っていいものなのか私はわからない。

「そういうのに、道重くんは、気づいて見てたってこと？」と私は聞いた。

「だからそう言ってんじゃん」

「てことは、私のことにも気づいてた？」

「なにいってんの？」

「こっちが聞いてるんだけど」

「はあ？　おまえは柏夢だろ」

「違うって。違わないけど」

「ええ？　わけわかんねえよ」

ひいてしまったみたいに、道重徳弥は長いため息を吐いた。

それから、なにも言わない。

さっきはなにかいいものだと思えた車輪の音も、靴と雪が立てる音も、息遣いもぜんぶちょっとつらい。

「だからさあ。好きなんだけど」

声に出してしまうと、気まずさが膨れ上がって、でもそれをすっぽり包み込むように、恥ずかしさがやってきた。

「え」

と道重徳弥は言った。

それからまた少しの間、なにも言わなかった。

なにを言おうか考えているみたいで、そして口にしたのは、

「えっ、そうなの？」

という言葉だった。

考えておいて、そういうこと言う？

それって、次の言葉を私にゆだねてる。

この流れがどうなるかはおまえ次第だよ、って、こっちに責任を押しつけてるみたいだ。

「そうなの？　じゃないよ！」

思っていたより大きな声が出た。

私の声は、四方八方に跳ね返り、ぐねぐねと渦を巻いてから雪に吸い込まれていった。

でも、道重徳弥の耳に届いているかはわからない。

私は一瞬、言ってやろうかと思った。

河原で、道重徳弥のうまくないトロンボーンを聴くのが好きだったこと。

男子とわちゃわちゃしてる時に、時々、うまく馴染みきれないみたいな切ない顔をするところ。

デリカシーがないように見えるけど、実はずっとなにか考えていて、でもそれをきっとうまく言葉にできないところ。

どんな言葉でも、他の人が言うのと道重徳弥が言うのとでは違って聞こえること。道重徳弥の発するひと言ひと言が私にとっては大事件で、いちいち心がめちゃくちゃになってしまう。

そんなあれこれを、でも私は、言ってやらないことにした。

その代わりに、気がつくと、

「ちゃんと返事をしてよ。今じゃなくていいから、ちゃんと考えて。どうなったって、私のための言葉がほしい。そしたらちゃんと、納得するから」

怒鳴るようにそう言っていた。

脚は勝手に走り出した。少し進むと転んで、顔中雪まみれになって、でも、道重徳弥が追いかけてくるといけないから、すぐに立ち上がってまた走り出した。顔が濡れているのは、雪なのか涙なのか鼻水なのか、なんなのかわからなかった。とんでもないことを言ってしまったとは、その時は思わなかった。言わないことにした思いを、次の日には、ＬＩＮＥに長文にしたためて、でも送れない。送信ボタンを押そうとして、ぎりぎりで止める。そんなのばっか繰り返してるうちに、一月の中旬に共通テストがあって、二月の下旬に入試があって、合格した私は両親とともに、急いでひとり暮らしの部屋探しをはじめて、まだなにもない部屋は、不安を私に突き返してくるみたいにやたらと声が響いた。

道重徳弥から連絡がきたのは、引越しの二日前。

三井さんの上映会で映画を見ている時だった。主役の男の人は黒髪がもじゃもじゃで、観光客向けに点心を売る屋台で働いていた。でも都会に出て有名になりたいという夢があった。まずはお金を貯めなきゃと副業としてはじめた配達の仕事を続けているうちに、謎の女の人から水槽を運んでくれと言われる。指定されたコインロッカーに運ぶと、中から人の体の一部が出てきて——というところでスマホが震えた。

映画は天井から下げられたスクリーンに投射されていた。パイプ椅子に腰かけた一五人ほどのお客さんの中で、私はちょっと挙動がおかしかったかもしれない。道重徳弥だろうか、違うだろうか、と気が気でなくて、心を落ち着かせるように、深呼吸ばかりしていた。おもしろそうな映画なのにな、と思いながら、泣かないようにしていた。

エンドクレジットが流れはじめると、かばんの中で光が漏れないようにスマホを見つめた。

「合格おめでとう」

そう連絡がきていた。

「ありがとう」

と私は返す。

道重徳弥は、第一志望は落ちて、第二と第三は受かっていた。でも、受かったところへはいかず、浪人するらしい、とかえちゃんから聞いていた。

「もう下宿先決まった？」

「決まったけど？」

「東葉大の近く？」

「うん」

「じゃあ、北鷗町からだと、会うのに新幹線に乗って三時間かかるけど、それでもいい？」

はい？

会うのにって、どういうこと？

喜びとショックがわけのわからないまま溢れた。

既読がついたのを確認してか、道重徳弥から電話がかかってくる。

部屋が明るくなり、お客さんたちと映画の感想を言い合う三井さんにひと言伝えて、倉庫の外へ出た。

「あの、意味わかった？」

「それ聞くなら、もっとちゃんと言ってよ」

と道重徳弥は言った。

私は笑った。

「いやなんかさ、うーん、なんて言えばいいんだろう。まだ、なんだよね。でも、断るのも違うっていうか」

「まだ、好きではないってこと？　なにそれ。キープしておきたいってこと？」

「だから違うんだよ。でもそう聞こえてしまうじゃん」

「じゃあ、友だちからはじめようってこと？」

「いや、友だちは友だちじゃん。だから要はさあ、タイミングがネックだなって思ったわけ」

「はい？」

「ちょうどさ、これから距離が離れるようなタイミングで好きだって言われてさ、俺もどうしようかなとかは考えた。どうしたって、もう学校も違うし、バイト先も潰れたし、タイミング的にはこうした方がいいのかな、って。新しい環境とかさ、そういうのを前提として考えるしかなくて、それは嫌だったから、だから、そういう、お互いの気持ち以外の余計なものを全部とっぱらえたらいいのにって」

「でも……そんなのってできないよね」

「そうなんだよ。だからさあ、これからあんまり会えなくなるけど、あんまり会えなくなるとか思わないようにして会おう」

「なに言ってるの？」

「今どこ？」

「本屋さんのところだけど。わかる？」

「わかるわかる。十分待ってて」

そう言って電話が切られた。

疲れる。喋れば喋るほど。

きっちり十分経つと自転車に乗って道重徳弥が現れたから、戸惑いは吹き飛んだ。

やっぱり、好きかあ、と思った。

どうしてだよ、と自分に思う。

でも、好きなんだよなあ。

その気持ちを前にして、私の理性と打算が混じり合った部分は、ばっさばっさと倒れていく。

「今、平気？　きちゃってから聞くのもなんだけど」

まだ寒いのに汗をかいていて、慌てて走ってきたようだった。

冷静というわけじゃないんだ、と私は少し安心した。

三井さんたちに別れを告げ、あたりを道重徳弥と散歩することにした。

「さっきの話、どう思った？」

「よくわからないままなんだけど」

「今きたみたいに、明日もあさっても、その次も会いにくるってこと」

「私、あさって引っ越すんだけど」

「それでもだよ。言ったじゃん。タイミングとか環境とかに邪魔されたくないって。俺はだから、柏夢がどこにいても、会いにいくよ」

「ロマンチックなこと言うね」

「だから、ロマンチックとかじゃなくて。本当に会いにいくんだって」

「そんなの、できる？　現実問題さ。新幹線代とかさ」

「できるよ。バイト代全然使ってないから」

「でも、すぐになくなっちゃうよ」

「だからそれまでに決める。つきあうかつきあわないか」

どこかから桜の花びらがやってきて、胸のあたりにまとわりついた。私たちはなんとなく、桜の木のある公園の方へと向かっていた。

「私も、そうしようっと」

「えっ？」

「私のところにはこなくていい」

「えっえっ？」

「普通にさ、中間地点で会えばいいじゃん。その方が、お金だって浮くし」

「それは悪い」

「なんでひとりで決めてんの？　つきあうかつきあわないか決めるとかさ。だったら、当たり前に私もそうだよ。私も、道重徳弥とこれからも会って、それでつきあうかつきあわないか決めるよ」

「俺のこと好きなんじゃないの？」

「そっ、そうだけど、なんか、一方的にそっちが決めるみたいでちょっとイラッとした。いや、かなり、イライラして、キモいと思った」

道重徳弥は考え込むように空をじっと見た。

「はあ、そういうもんなのかあ」

と言った。

それから私たちは、かもめジムだった建物の前にさしかかり、足を止めた。

トラックが停まっていて、作業着を着た人たちが足場に登って作業をしている。

新しく、看板を取りつけていた。道重徳弥は、おー、と言いながらそれを見上げた。

「なんて読むんだろう。ていうかここ、なになるんだっけ」

「かもめジムだよ」

「は？」

「なにになったって、ここはかもめジムだよ」

「柏夢はさ、時々よくわからんこと言うよな」

「そうかな」

「そうだよ」

「あーなんか、今日はここでいいや。まだ荷造り残ってるし」

「えっ、でも。いいの？」

「明日も会うんでしょ？　あさってもその次も」

また明日ね、と言って私は走った。これからも、また明日ねと言って別れたい。

初出　STORY BOX

かもめジムの恋愛
2022年12月号

大人っていつからなるんだろう
2023年9月号「かもめジムの友だち」改題

寂しさで満たされて
書き下ろし

恋なんて、この世にあっていいものなのか？
2024年1月号「かもめジムのさいごの」改題

また明日ね
2024年3月号「かもめジムのお別れ」改題

単行本化にあたり、加筆修正しました。

大前粟生

おおまえ・あお

一九九二年兵庫県生まれ。二〇一六年「彼女をバスタブにいれて燃やす」が「GRANTA JAPAN with早稲田文学」の公募プロジェクトにて最優秀作に選出され小説家デビュー。二一年『おもろい以外いらんねん』が第三八回織田作之助賞候補に。二三年『ぬいぐるみとしゃべる人はやさしい』が金子由里奈監督により映画化される。他の著書に『回転草』『きみだからさびしい』『チワワ・シンドローム』『ピン芸人、高崎犬彦』などがある。

装画　小森香乃
装幀　菊池　祐

かもめジムの恋愛

2024年9月16日　初版第1刷発行

著　者　大前粟生
発行者　庄野 樹
発行所　株式会社小学館
〒101-8001
東京都千代田区一ツ橋2-3-1
編集　03-3230-5616
販売　03-5281-3555

DTP　株式会社昭和ブライト
印刷所　萩原印刷株式会社
製本所　株式会社若林製本工場

ISBN978-4-09-386725-2